文春文庫

旅路

（下）

池波正太郎

文藝春秋

旅路・下／目次

ＤＴＰ制作　エヴリ・シンク

旅路　下

昭和53年5月13日～54年5月7日サンケイ新聞夕刊に連載。
単行本は昭和54年7月文藝春秋刊。
本書は昭和57年10月に小社より刊行された文庫の新装版です。

春時雨《はるしぐれ》

井上忠八《ちゅうはち》の変死については、町奉行所の調べもあったが、

「これは、三千代《みちよ》さまの名を出さぬほうがよい」

と、丹波屋伊兵衛《たんばやいへえ》がいった。

変死は変死であって、

「私どもには、何が何やら、さっぱりわかりませぬ」

伊兵衛の申し立てにより、深い詮索《せんさく》はおこなわれなかった。

諸国から、たくさんの人びとがあつまっている江戸市中では、こうした事件など、

「すこしも、めずらしくはない」

のである。

町奉行所も、手がまわりかねているのだ。

丹波屋に滞在していた男が、路上で何者かに刺殺された。手がかりは何一つないということで、すべては終った。

井上の急死を知らせる先については、京都の蒔絵師《まきえし》の女房になっている伯母のお房《ふさ》をはじめ、近江の草津の旅籠《はたご》・鍵屋利兵衛《かぎやりへえ》が、井上の亡父の従弟にあたる。

それを知らぬわけではないが、いまは、

（私の胸一つに、おさめておきたい）

とおもった。

自分が近藤虎次郎《こんどうとらじろう》に斬られる前に、遺書として、すべての事情をあきらかにしておけばよいのだ。

丹波屋伊兵衛は、井上の遺体の始末がすむと、

「私からは、何事にも口出しはいたしませぬ」

といった。

三千代に関わる面倒な事柄については、何も知らぬというわけだ。

そして、しみじみと、

「せっかくに、駒井宗理《こまいそうり》様のところへ落ちつかれたゆえ、その暮しを、たいせつになさるがよいとおもいますよ」

「はい」

三千代は、素直にうなずいて見せたが、内心はちがう。

丹波屋伊兵衛は、駒井宗理へ、

「うちへ泊っていたお人が、三千代さまの、以前の御家来だとは知りませんでした」

そういったのみである。

「それはそれは……」

宗理も、おどろいたらしい。

いろいろと三千代へ問いかけてきたが、三千代もまた、くわしいことは語らぬ。

またたくまに、数日がすぎた。

(駒井様の御宅にいては、どうにもならぬ)

と、三千代はおもっている。

井上が遺《のこ》した二十五両ほどの金は、三千代があずけておいた四十五両の残りであろう。

この金は奉行所が調べる前に、丹波屋伊兵衛が、三千代へわたしてよこした。

三千代も、丹波屋伊兵衛には、彦根出奔《しゅっぽん》の事情の大半を打ちあけている。

ゆえに、井上の所持金二十五両は、三千代があずけておいた金子《きんす》だと伊兵衛も承知していたのだ。

他の遺品は、すべて、町奉行所へわたした。

いずれ、近江や京都にいる井上の縁者へ、奉行所を通じ、

「江戸表にて変死を遂《と》げた……」

との知らせが届くであろう。

「この金子を御奉行所へ届けるのは、ばかばかしいことですからね」

と、丹波屋伊兵衛はいった。

二十五両の金は、井上が丹波屋の帳場へあずけておいたのだ。これがよかったのである。

三千代は、伊兵衛の好意を素直に受けた。

元はといえば自分の金なのだし、これからの三千代にとって、この二十五両は、まさに、

「天の助け……」

ともいうべきものであった。

いずれにせよ、このままでは敵《かたき》の近藤虎次郎を討つ……というよりも、虎次郎に討たれることができぬ。

夫の後を追い、また自分のために無残な死を遂げた井上忠八への申しわけのためにも、

(一時も早く討たれたい。死んでしまわなくてはならぬ)

三千代は、おもいきわめていた。

そうした三千代の、徒《ただ》ならぬ様子は、駒井家の人びとの目にもあきらかであったが、

事情を知らぬだけに、

「以前の奉公人が、あのような死様《しによう》をしたので、こころを痛めているのであろう」

と、駒井宗理は、単純に解釈をしている。

丹波屋伊兵衛は、三千代が駒井家での暮しを、以前と変りなくつづけはじめたので、ほっとしているらしく、女中のおとよが、

「うちの旦那も、三千代さまが落ちつかれたので、ずいぶんと安心をしているようでございます」

三千代に、告げた。

自分の居所を突きとめた井上忠八を暗殺してしまったのだから、近藤虎次郎は、依然として阿部川町の西光寺に住み暮しているものと看《み》てよい。

ともかくも西光寺の様子を探りに出かけたいとおもっても、三千代には外出の理由がない。

すこしずつ、三千代は駒井家を出奔する仕度に取りかかった。

すでに、そのころ、近藤虎次郎は西光寺を引きはらっていた。

本所の小梅の、木村又右衛門《きむらまたえもん》道場へ引き移ったのだ。

「やっと、来てくれたなあ」

木村は、早くも旅立ちの仕度をととのえていて、

「では、たのむぞ」

明日にでも、江戸を発《た》つつもりらしかった。

「引き受け申したが、なれど……」

「何じゃ？」

近藤は一瞬、口をつぐんだが、すぐに盃の酒をほして、

「いまさらに申さずとも、おわかりでありましょうが……」

「ふむ、ふむ」

「私も、剣の道を辿《たど》るものゆえ、いつ何時《なんどき》、どのような事が、この身に起るか知れたものではないと存ずる」

「ほう……」

木村が、まじまじと近藤をながめやってから、

「なるほど」

と、うなずいた。

これは、近藤虎次郎が敵持ちの身と知ったからではない。

剣客《けんかく》というものは、諸方で勝負を争い、その結果、人の恨みを我身に背負うことがないとはいえぬ。

近藤ほどの剣士ならば、真剣の勝負をしたこともあるだろうし、その試合の上での確《かく》

執《しつ》が長く尾を引いて残る場合もある。

おそらく、木村又右衛門にも、そうした経験があったにちがいない。

「よう、わかった。それで？」

「万一のときのことを考えて、念を入れておきますが、この身に異事あったとき、この道場は、何としたらよろしいので？」

「かまわぬことだ」

事もなげに木村が笑って、

「わしだとて旅の空で、どんなことになろうやも知れぬ。われらは今日あって明日がない身じゃ。いや、われらのみか、世の人びと、いずれもそうではないか」

「はあ……」

「このような道場一つ、どうなってもかまわぬ。いま、こうして、わしがおぬしに道場の留守居をたのみ、おぬしが引き受けてくれたのも、異変なき場合のことじゃ。もしも、わしが一年すぎてもどらず、また便りもよこさなんだら、おぬしは、おもうままに、この道場を出て行ってくれてもよいのじゃ。後は門人たちが何とか始末をつけてくれよう」

この木村の言葉に、近藤虎次郎は大きくうなずき、はじめて、微笑を浮かべた。

この夜。

近藤虎次郎と夜を徹して酒を酌《く》みかわした木村又右衛門は、翌朝、まだ空が白みかけ

たばかりだというのに、

「では、たのむぞ」

軽装の旅姿で、飄然《ひょうぜん》と江戸を発って行った。

木村こそ、まことにすがすがしく、

「剣一筋……」

に、生きている男だ。

その他のことには、何の箍《しがらみ》もないのであろう。

暁闇《ぎょうあん》の中を、竪川の方へ去る木村又右衛門を見送って、

「うらやましいことよ」

おもわず、近藤はつぶやいた。

同時に、

(そうだ……)

何やら自分の行手に、一条の光りが見えたおもいがした。

(自分も、木村先生を見ならうことだ)

このことであった。

井伊家に仕《つか》えていたころ、終始、変ることなく、三千代へ抱きつづけてきた恋情も、
三千代の夫・三浦芳之助《みうらよしのすけ》を殺害したことによって、たとえ、いかな事情があったにせよ、

（いっさいが、空《むな》しくなってしまった……）

のである。

となれば、これより先の自分は、

（剣一筋に生きて行くよりほかはない。試合に勝つとか、人を斬るための剣ではなく、

もっと高いところへ、目を向けて生きてみよう）

と、近藤虎次郎は、おもいはじめた。

そうおもったとき、近藤は、三千代のことなど気にならなくなってきた。

自分を尾行していたらしい井上忠八や、別の怪しい男のことも、

（好きなようにするがよい）

のである。

三千代と井上が自分の前へあらわれ、刃《やいば》を向けてきたときの自分に、これまでの修行

が、

（否応《いやおう》なしに……）

発現《はつげん》するにちがいない。

それは、二人を討つことではない。

人間として、どのように二人をあつかうかということだ。

もしも、三浦芳之助を斬ったときのような自分であったら、どうしようもないことで

はないか。

あのときの自分より、人間として向上していなくてはならぬ。

場合によっては、二人に討たれてもよいのだ。

夜が明けて、門人たちが一人、二人と道場へあらわれるのを迎えた近藤虎次郎の顔には、久しぶりで明るい微笑が浮かんでいた。

門人たちは、すでに木村又右衛門から近藤虎次郎が道場の留守居をすると、聞かされていたらしい。これまでに何度も、道場を来訪した近藤を見知っている門人も少くない。

「まず、一年ほどは、この私の稽古で辛抱をしてもらいたい。木村先生のようにはまいらぬが……」

こういって、近藤は門人たちへ稽古をつけはじめた。

「わしの剣術は、喧嘩をして、相手をやっつけるためじゃあない」

と、かねがね木村又右衛門は、門人たちへいっていたそうな。

「つまるところは、おのれの怠け心を叩き直し、素直な心になるために剣をまなぶ。これだよ。このことを忘れてはいけない」

木村の稽古は、そうしたものであったらしい。

(私には、とても、そのようなえらいまねはできぬ)

しかし、近藤虎次郎は誠意をこめて、門人たちへ稽古をつけた。

久しぶりに、終日、道場へ立ってきて木太刀《きだち》を揮《ふる》っていると、躰の中の悪い血が汗になって流れ出してしまうかのような快感をおぼえた。

日暮れになり、門人たちが帰ってから、近藤は井戸端で水を浴び、汗をながした。

春めいてきたとはいえ、いまの季節の水浴びは、とても常人にはできぬことだ。

たくましい近藤の熱した躰が水をかぶり、湯気をあげはじめた。

すると、裏手から小肥りの男が岡持ちを運んであらわれた。

「木村先生から、たのまれておりますんで……」

こういって、男は岡持ちの中から、夕餉《ゆうげ》の飯や惣菜《そうざい》を台所の板の間へ置いた。

この男は、竪川沿いの道に店を出している上総屋《かずさや》という飯屋の亭主だ。

「弥八と申します。これからは何でも、遠慮なく言いつけて下さいまし」

「すまぬな」

「なあに、明日は女房が洗い物にまいります」

「そのようなことまで、してもらっては……」

「いいんでございますよ。木村先生と同じにさせて下さいまし」

木村又右衛門は、この近辺の人びとから、よほどに慕われているらしい。

翌日から、近藤虎次郎の快適な明け暮れがはじまった。

近藤は、門人たちへ、それぞれに手紙を届けてもらうことにした。

一は、浅草・阿部川町の西光寺の和尚へあてたものである。

こちらへ来たとき、近藤は、荷物を西光寺へ置いたままであった。

木村又右衛門の道場を、しばらくの間、引き受けることは和尚に語ってある。

そこで、いよいよ、こちらへ身を移した事と、近いうちに、あらためて挨拶にまかり出るが、身のまわりの品を使いの者におわたし願いたいと手紙に書いた。

近藤は、木村道場へ引き移ったことを秘密にせぬ。

それだけの覚悟をきめたといってよい。

いま一通の手紙は、井伊家の上屋敷にいる川村弥兵衛《かわむらやへえ》へあてたものだ。

これは、木村道場へ移った事を知らせると共に、

「ぜひとも近きうちに、お目にかかりたく……」

と、申し出た。

そして、川村の返事を、

「いただいて来るように……」

と、使いの門人へ念を入れた。

その日。

西光寺へ使いに出た二人の門人は、近藤の荷物を持ち、道場へもどって来た。

また、川村弥兵衛の許へおもむいた門人は、川村の返事をもらって来た。

川村弥兵衛は、

「明後日に……」

いつも二人が会う鎌倉町の蕎麦《そば》屋・翁屋《おきなや》与兵衛《よへえ》方の二階座敷で待っていると、書きしたためてよこした。

そこで、翌々日の朝早く、近藤虎次郎は道場を出て、先ず西光寺へ向った。

門人たちへ、この日は、

「一同で稽古をするように」

と、前日に言い置いてあった。

朝空は曇っているが風も絶え、まぎれもなく、春の足音が近寄ってきている。

朝夕、井戸端で水を浴びることを欠かさぬ近藤には、寒気のゆるみつつあることがはっきりとわかる。

西光寺へ立ち寄り、和尚に挨拶をし、

「木村先生が、道場へもどられましたなら、ふたたび、お世話になりたいと存じます」

この近藤のたのみに、和尚は、

「よいとも。そのつもりで、部屋をあけておきましょうな」

と、いってくれた。

近藤は、西光寺の小坊主へ、

「もしも、私を訪ねて来る人があれば、本所小梅の木村道場にいるとおつたえ下さい」

と、いい置き、西光寺を出た。

川村弥兵衛と会う時刻までには、まだ、かなりの間があった。

われ知らず、近藤虎次郎の足は、下白壁町の丹波屋の方へ向っている。

今日の近藤は、笠をかぶってはいない。

(だれに見られようとも、かまわぬ)

このことであった。

丹波屋の前へさしかかった近藤が、例の蕎麦屋・栄松庵《えいしょうあん》へ入ったのは、いうまでもないことだ。

昼近い時刻で、そろそろ、客が立て込みはじめている。

「先日は、世話になった」

礼をのべた近藤へ、亭主が、

「あれから後に、どなたも訪ねて見えませんでございました」

「さようか」

「お酒?」

「たのむ」

階下の入れ込みの一隅へ坐った近藤へ、顔なじみの小女が酒と醬油豆を運んで来て、

「この間、大変だったんですよ」

と、いう。

「何が大変なのだ？」

「うちの前に、ほら、丹波屋さんていう宿屋が……」

「丹波屋が、どうした？」

近藤の眼の色が、わずかに変ったようだが、小女は気づかぬまま、

「いいえ、丹波屋さんに泊っていた、お侍さんが、すぐ近くで殺されなすったんですよう」

「侍が……殺された……」

「あい」

「どうして？」

「さあ、わかりません。夜になってからのことで、何だか、わけもわからないうちに後ろから突き刺されたとか……」

「ふうむ……」

「お蕎麦は、後になさいますね？」

「うむ……」

小女が、近藤の前から離れて行った。

丹波屋に泊っていた侍というのは、

(井上忠八ではないのか……?)

しばし、近藤は盃を手にとろうともせぬ。

(井上らしい。いや、井上忠八に間ちがいはないとみてよい)

それにしても、いったい何者が井上を殺害したのであろうか……。

酒のかわりを小女が運んで来たとき、近藤は尋ねた。

「いまのはなしの、侍を殺した曲者《くせもの》は捕まったのかね?」

「いいえ、それが、逃げてしまったということですよ」

西光寺へ手紙を届けてよこした怪しい男が、近藤の脳裡へ浮かんだ。

名もしらず、顔も見ぬ男なのだが、

(もしや、あの男が井上を殺したのではあるまいか……?)

この直感は、ぴたりと当ったことになる。

栄松庵を出た近藤虎次郎は、八丁堤へあがり、木蔭から駒井宗理宅の裏手を見まもった。

下男の六造が出たり入ったりする姿は見られたけれども、三千代はあらわれぬ。

近藤は、かなり長い間を八丁堤にいたが、そのうちに、川村弥兵衛と会う時がせまってきた。

江戸城の外濠に面した、鎌倉町の翁屋へ近藤が到着すると、

「お連れさまが、お待ちでございます」

女中がこういって、近藤を二階の小座敷へ案内をした。

川村弥兵衛が盃を口にふくみながら、近藤にうなずいて見せた。

「遅れまして、相すみませぬ」

「なに、今日は非番ゆえ、一向にかまわぬ」

「いささか、寄り道をいたしておりましたので……」

「さようか」

川村が盃をすすめ、酌をしてくれながら、

「本所へ移ったそうな」

「はい」

「それは一昨日の手紙で知ったが、今日は何ぞ、さしせまった用事でもあってのことか？」

「お耳へ、入れておきたいことがありまして……」

「何じゃな？」

「実は……」

と、近藤虎次郎が、西光寺へ届いた怪しげな手紙のことや、丹波屋に泊っていた井上

忠八が暗殺されたことなどを語るや、

「ふうむ、それは……」

川村弥兵衛も、さすがに顔色を変え、

「では、三浦家の若党が、その宿屋に滞留《たいりゅう》をしていたと申すのじゃな？」

「はい」

「下白壁町と申せば、駒井宗理の家とは、目と鼻の先ではないか」

「はい」

「では、三千代も、それを存じていたのであろうか。わしが会うたときは気《け》ぶりにも見せなんだが……」

「三千代どのと井上は、申すまでもなく……」

いいさして近藤は、一瞬、沈黙をしたが、

「私の一身は、どうなってもよいのですが、三千代どのを巻き込みたくはないのでございます」

「それは、われらとても同様じゃ。なれど虎次郎。その、おぬしへ怪しげな手紙を届けてよこしたという男が気になる」

「はい」

「いったい、何者であろう？」

「一向《いっこう》に、わかりませぬ。いずれにせよ、三千代どのが彦根の兄の許《もと》へ帰ってくれますよう、お取りはからい願えませぬでしょうか？」

「申すまでもない。上つ方にも申しあげて、そのようにしたいとおもう」

「何とぞ、お願い申しあげます」

「うむ」

三千代は、無断で彦根城下を出奔した。

しかも、亡夫と実兄は井伊家に仕える士《もの》ゆえ、井伊家が三千代に、

「彦根へもどれ」

と、命ずることは正当なのだ。

その折には、江戸屋敷から人を出し、三千代を、

「彦根へ護送する……」

かたちをとってもよい。

近藤虎次郎は、その結果を、ぜひとも知りたいといい、

「使いの者を、御屋敷へさしむけましょうや？」

「いや、それにはおよばぬ。わしのほうから知らせよう」

川村弥兵衛は、

「一両日のうちに、ともかくも、わしが駒井家を訪ね、三千代に会うてみよう」

「お願いつかまつる」

「なれど……まだ、わからぬではないのか？」

「何がでございます？」

「三千代の本心がじゃ。あの女、まことに、おぬしを敵《かたき》とつけねらっていたのであろうか。わしが、この前に会うたときの様子から推《お》してみて、どうも、そのようなことはないとおもわれてならぬのじゃが……」

「なれど、三千代どのが江戸到着の折に泊っておりました丹波屋へ、井上忠八は去年から滞留していたのでございます」

「ふうむ……」

「その井上が、私の後を尾けておりましたことは、取りも直さず、三千代どのも……」

「なれど、それは怪しい男の手紙が、おぬしへ知らせたのではないか。おぬしの目で、たしかめたわけではあるまい」

「それは、いかにも……」

「ならば、わからぬことじゃ。それゆえ、わしは手紙の男が気にかかる」

「はい」

川村には、どうも納得が行きかねるらしい。

あの折の三千代は、たしかに、江戸での落ちついた日々を、よろこんでいたように見えた。

その翌々日。

川村弥兵衛は、外桜田の井伊家・上屋敷を出て、駒井宗理宅へ向った。

駒井家へついたのは、四ツ（午前十時）ごろであったろう。

「これは、これは……」

すでに、川村の顔を見知っている駒井宗理が、

「先日は、まことに失礼をいたしまして……」

「何の。こちらこそ雑作《ぞうさ》に相なりました。ときに、相変らず、すこやかにしておりましょうかな？」

「三千代さまのことで？」

「さよう」

「はい。このごろは、もうすっかり、江戸の暮しにも慣れたようでございます」

「ふうむ……」

「いま、近くへ買物に出たようでございますが……」

「さようか」

「間もなく、もどってまいりましょう」

「では、しばらく、待たせていただきましょう」

「はい、はい」

「ときに、宗理どの……」

「はい？」

「この近くの丹波屋という宿屋に、もとは、三千代の嫁ぎ先に仕えていた井上忠八と申す若党が、滞留いたしおりましたとか……」

おもいきって、川村弥兵衛が切り出してみた。

駒井宗理は、井上のことを、三千代が川村に知らせたものとおもい込んでしまったらしく、

「まったく、気づきませぬことで……」

「何を？」

「いいえ、そのお人が丹波屋に去年から泊っておりましたことに、三千代さまも気づかなかったのでございます」

「ほう……」

「そのお人が、何者とも知れぬ男に、丹波屋さんの近くで殺害されましたとき、ちょうど三千代さまが丹波屋さんへ出向いておられまして、そのとき、はじめて……」

「井上を、見たと……」

「そのように聞きましてございます」

「なるほど……」

それならば、わかる。

三千代と井上忠八とは、つい先頃まで顔を合わさなかったのだ。

ゆえに、三千代が近藤虎次郎へ復讐《ふくしゅう》する機会をねらっていたことにはならぬといってよい。

ともかくも川村は、三千代の肚の内を探ってみるつもりだが、井伊家では、

「三千代を、上屋敷へ連れてまいるように……」

と、川村弥兵衛へ命じていたのである。

三千代は、いつまでたっても駒井家へもどって来なかった。

あまりに遅いので、駒井宗理は、下男の六造へ、

「ちょいと、そのあたりを見ておいで。丹波屋さんへも寄って見なされ。あそこの女中さんと語り合うているやも知れぬ」

と、いいつけた。

ところが、何処にもいない。

ついには内弟子の平吉《へいきち》や、丹波屋のおとよまでが、近辺《きんぺん》の心あたりを探しまわってくれたけれども、三千代の姿を見出すことはできなかった。

(これは、おかしい)

駒井宗理も、不安になってきたらしい。

一刻《いっとき》（二時間）が経過して、まだ、三千代はもどって来ない。

そのころ……。

三千代は、上野山下のあたりを歩んでいた。

二度と、駒井家へはもどらぬ決意であった。

いろいろと考えた末に、ほんの身のまわりの品々を小さな荷物にし、井上忠八が所持していた二十五両と、駒井家へ来てから得た三両ほどの金を持ち、無断で出奔したのである。

この三両は、駒井宗理が給金としてよこしたものを、ためておいたのだ。

これより先、三千代は三千代なりに、いろいろと考えた。

近藤虎次郎がいる西光寺という寺は、浅草の阿部川町にあるそうな。

その阿部川町には、駒井宗理の弟子で、毎日、仕事場へ通って来る富四郎《とみしろう》の家がある。

よほど、富四郎のみには密《ひそ》かに事情を打ち明け、その家へ身を隠そうかとも思った。

西光寺と同じ町内だし、それが適《かな》うなら何よりのことだが、三千代が亡夫の敵を討つと聞かされて、

（果して、ちからをかしてもらえるであろうか……？）

そうなると、やはり心もとない。

富四郎は実直な男だし、女房や子供もいる上に、師匠の駒井宗理への敬慕はまことに深く厚い。

三千代が本心を洩《も》らしたとて、富四郎が駒井宗理へ、これを内密にしたまま自分の家へ置いてくれようとは、どうしてもおもえなかった。

考えぬいたあげく、ついに三千代は単身、事を決することにした。

ひろい江戸市内で、たよりになる場所といえば、丹波屋と駒井家のみの三千代なのだ。

三千代も江戸へ来てから一年の月日を経ている。

この間、駒井家にいて、下男や弟子たち、それに来客たちのはなしや、または丹波屋の女中おとよに聞いたりした種々雑多な江戸の町々の様子から、三千代は、それなりに考えをまとめた。

上野の山下から坂本、金杉・三ノ輪を経て千住大橋へ通ずる往還《おうかん》は、日光・奥州両街道への道すじにあたる。

したがって朝早くから夜遅くまで人馬の往来が絶えず、種々の店屋が軒を並べ、飯屋もあれば居酒屋もあるし、小さな宿屋もあるという。

こうした場所の宿屋では、泊り客に対して、あまり、うるさい詮索をしないそうな。

ならば、このあたりの宿屋へ泊ることにしたらどうであろう。

阿部川町の西光寺へも程近いではないか。

しかし、おもいきって今日、駒井家を出奔した三千代は、

(あの宿屋へ泊ろう……)

という当てはない。

ともかくも、上野山下から金杉の通りへ出た三千代は、笠屋の店へ入って、

「あの、笠と草鞋《わらじ》を……」

と、声をかけた。

場所柄、ひと通りの旅姿を、この笠屋でもととのえることができる。

すこしも怪しまぬ店のあるじから、笠・草鞋・杖などを買いもとめた三千代へ、あるじが、

「お旅立ちでございますかえ?」

「はい」

「それでは、これも……」

などと、いささか余計な小物まで買わされてしまったが、三千代は顔色一つ変えなかった。

男とちがって女は、切羽つまって事をおこなうとき、

(行先、どうなることやら……?)

などと、余計な心配をしなくなってしまう。

ただもう、ひたすらに、いまこのときの自分の言動を正当化し、無意識のうちに得体の知れぬ自信をもってしまうのだ。

これは、女の躰の仕組みと、こころのはたらきとが、そのようにむすびついているのであろう。

男の場合は、なかなか、二つのものが一つにならぬもののようだ。

買物を抱えた三千代は、往還を東へ切れ込み、細道を抜け、入谷《いりや》田圃《たんぼ》の外れの木立の中へ入った。

そこで、あたりを見まわし、三千代はほっと息をついたのである。

今日は朝から暖かく、薄日もさしていたのだが、いつの間にか灰色の雲が空を覆ってきて、木立の中は暗かった。

いま、買って来た品々で旅仕度を身につけ、何処からか旅をして来て江戸へ入ったばかり、という風に見せかけるつもりの三千代であった。

旅びとでないと、宿屋では安心して泊めてくれまい。

「連れの者が、二、三日うちには江戸へ着く。ついては、この宿屋へ泊っているようにといわれました」

三千代は、宿屋へ入ったら、そのようにいうつもりだ。

金杉から三ノ輪にかけて、小さな宿屋が数軒あると聞いている。

そして宿屋へ入ったら、すぐに、身につけている金の半分ほどをあずけるつもりである。

所持金をあずけると、怪しまれぬそうな。

いずれにせよ、阿部川町の西光寺にいるはずの近藤虎次郎へ斬りつけるまでには、さほどの日数を必要とはしまい。

小さな荷物の中には、亡夫の形見《かたみ》の備前勝光《びぜんかつみつ》の脇差も入っている。

木立の中で、三千代が草鞋を履きはじめたとき、にわかに、雨が叩いてきた。

春の時雨であった。

(あ、雨……急がなくては……)

三千代が、そうおもったとき、背後に人の気配がした。

振り向いて見ると、得体の知れぬ、むさくるしい風体《ふうてい》の男が三人も、木立の中へ踏み込んで来ていた。

三人とも裾をからげ、頬かぶりをした無頼《ぶらい》どもだ。

「あっ……」

おどろいた三千代が腰を浮かせ、同時に、荷物の中の脇差へ手をのばそうとするのへ、走り寄った一人が素早く荷物を蹴飛ばし、

「しずかにしろ」

いいざま、三千代の肩をつかんだ。

「何をなさる」

「うるせえ」

「何者じゃ？」

「ふん……」

男たちは鼻で笑い、うなずき合ったかとおもうと、いきなり、三千代へ飛びかかってきた。

「あれ……」

三千代の叫びは、背後から抱きついてきた男の掌に口をふさがれて途切れた。

押し倒された三千代の胸元へ手をさし込んだ男が、

「小判を持っていやがるぜ」

よろこびの声をあげた。

このときも三千代は、あの、東海道の茶店で青木市之助《あおきいちのすけ》をふくむ二人の無頼浪人に襲われたときと同様に、手も足も出なかった。

（おのれ……おのれ……）

自分が逃げることすらできぬのに歯がみしつつ、屈強の男の腕に押えつけられ、なすがままにまかせるよりほかはなかった。

頸筋（くびすじ）のあたりを打ち据えられ、半ば意識も霞（かす）み、汗くさい男どもの体臭に息をつまらせながら、たよりなげに踠《もが》くのみであった。

と……。

躰中へ、のしかかっていた男の体重が、ふわりと軽くなった。

つぎの瞬間、無頼どもの悲鳴と叫び声が聞こえた。

はっと、半身を起した自分を庇《かば》って立つ男の大きな背中が三千代の眼の中へ飛び込んできた。

その大男は侍である。大小の刀の鞘が、三千代の眼の前に見えた。

この侍に、三人の無頼どもは蹴倒され、叩きつけられ、

「畜生め……」

「おぼえていやがれ」

泳ぐように、這《は》うようにして、木立の外へ逃げ去って行ったのである。

またしても、三千代は危難を救われた。

しかも、この前と同じような俄か雨の日にだ。

「大事ありませぬか？」

侍が振り向いて、問いかけてきた。

「は……」

いつの間にか、三千代の胸元から、白い乳房が食《は》みこぼれている。帯もくずれ、髪も乱れ、裾がひどく捲《ま》くりあげられ、太腿《ふともも》が剝《む》き出しになってしまっていた。

羞恥《しゅうち》に失神しそうになりながら、三千代は、あわてて身づくろいをした。

「先ず、落ちつかれい」

侍は、こういって背中を向け、数歩、三千代から離れてくれた。

それだけの心づかいが、このときの三千代にとって、どれほどうれしかったことか……。

「時雨に出合うて、通りがかりに、此処へ飛び込んでまいったが……ちょうど、よかった」

侍が、つぶやくようにいう。

ふとい声だが、物やわらかなひびきがあった。

ふるえる手で身づくろいをすませた三千代が、

「あの……」

おずおず、声をかけると侍が振りむき、微笑した。

白い歯が、ちらりとのぞいた。

日に灼《や》けた顔貌《がんぼう》は、どちらかといえば〔童顔〕で、大きな双眸《そうぼう》が黒ぐろと光っていた。

ふとい鼻すじも男らしく、着物の袖口からのぞいて見える手くびに体毛が密生している。

総髪にゆいあげた頭や、かざりけのない、さっぱりとした身なりや、いまの無頼どもを、
叩き伏せた腕力から推《お》してみると、この侍は、どうも剣客らしい。

「事もなげに……」

「ま、まことにもって……」

ようやくに、三千代は両手をつかえ、

「危《あや》うところを、おたすけ下されまして、か、かたじけなく……」

いううちにも、口惜しさと恥ずかしさがこみあげてきて、たまりかねた三千代は噎《むせ》び泣いてしまった。

剣客は、困惑の表情となったが、

「いやいや、そのようなことは何のこともないが……このままでは仕方もありますまい。どこへまいられるのか、その行先まで、お送りいたそう」

「は……」

「このあたりの無頼どもは、執念ぶかく仇《あだ》をするそうな」

「か、かたじけなく存じ……」

「いやいや……」

「おもいもかけぬことにて……」

「旅のお方でござるか？」

「は、はい……」

いいさして、三千代が愕然《がくぜん》となった。

帯の下の肌身へつけておいた、二十八両の金包みがないのに気づいたからだ。

おもわず、三千代は、

「あっ……」

と、声をあげてしまった。

無頼どもが奪い取ったまま、逃げ去ったにちがいないが、

(あの金子《きんす》が無《の》うては……)

今夜、宿屋へ泊ることもできぬではないか。

「どうなされた？」

心配そうに、侍が屈《かが》み込んで、

「どこぞ、痛められましたか？」

「いえ……あの……」

「どうなされた？」

「あの、身につけました金子を……」

「では、いまの奴どもが……」

「は、はい」

侍は舌打ちをして立ちあがったが、もう遅い。

「おのれ、それと知っていたら逃《のが》しはせなんだものを……」

絶望と悲しさで、三千代は立ちあがることもできなかった。

それを、いたましげに見まもっていた侍が、

「加藤平十郎《かとうへいじゆうろう》と申す」

と、名乗り出た。

いま、三千代と加藤平十郎がいる雑木林《ぞうきばやし》は入谷田圃とよばれる田地の北の外れにある。

そして、加藤平十郎は、入谷田圃の東の外れに住んでいるという。

平十郎は、一刀流の剣客で下谷・山伏町《やまぶしちょう》にある白泉寺《はくせんじ》という寺の地所を借り、そこに小さな道場を構えていた。

三千代が肌身につけていた金を、すべて無頼どもが奪って逃げたと聞いた平十郎は、

「それでは、どうにもなりますまい。ともかくも、私のところへまいられるがよい」

と、いってくれた。

時雨は去ったが、依然、空は曇っているし、それに夕闇がただよいはじめた。

「何も案じることはありませぬ。先ず、今夜は、ゆるりと躰をやすめなされ」

加藤平十郎は、親切にすすめてくれる。

気がしずまるにつれ、三千代は、先ほどからの平十郎の言動から推して看て、しだいに信頼できる人物のようにおもえてきた。

「それでは、お言葉に、あまえまして……」

と、いうよりほかはなかった。

一文無しの身で、宿へ泊ることができぬ以上、野宿でもするよりほかはないし、そのようなことをしたら、また、どのような男どもが飛びかかって来るやも知れぬ。

では、駒井宗理の許へもどるか……。

いったん、無断で出奔したからには、

(とても、そのようなことはできぬ)

三千代は、おもいきわめている。

「さ、まいられい」

先へ立って木立から出て行く加藤平十郎に、三千代は従うことにした。

冬が、またもどって来たように、冷え冷えとした夕暮れである。

田圃の畦道《あぜみち》を南へ行くと、前方に、大名の下屋敷らしい大屋根が見えた。

その手前を左へ、そして右へ……と、行くうちに、びっしりと寺院がたちならぶ一角へ出た。

平十郎の道場は、その近くにあった。

敷地はひろいが、なるほど道場は小さい。

十五坪ほどの道場に、八畳と三畳の母屋《おもや》がついてい、平十郎は其処《そこ》に寝起きしている。

三千代は、平十郎に妻子がいるものとばかりおもいこんでいた。

だが、加藤平十郎は独身《ひとりみ》の剣客であった。

茂兵衛《もへえ》といって六十がらみの、人の善《よ》さそうな老爺が住み込んでい、平十郎の世話をしている。

もしも、この茂兵衛という老僕がいなかったら、三千代は駒井宗理家へもどったやも知れぬ。

一つ家に、男と女二人きりで夜を明かすことは、亡くなった井上忠八との道中で懲りている。

板屋根の、粗末な造りの道場は、それでも塵《ちり》ひとつとどめずに清掃の手が行きとどいていた。

門人の数は、

「二十名に足りませぬ」

苦笑と共に、加藤平十郎はいった。

迎えに出た茂兵衛へ、平十郎は手短かに事情を告げ、

「今夜は、わしとお前は道場で眠ることにしよう」

三千代の耳へとどくような声でいった。

「それはそれは、とんだ目に……」

茂兵衛は、三千代に濯《すす》ぎの水を仕度してやりながら、

「うちの旦那さまは、よいお人ゆえ、安心をしていなさるがようございますよ」

ささやくようにいう。

「ありがとう存じます」

「ま、うちの旦那は剣術のほうは強いが、あまり、お金には縁がねえお人ですがの。何なりと打ちあけて、相談に乗ってもらいなさるがようございますよ」

「は、はい」

そのとき、ふと、おもいついて三千代が、

「あの、浅草の阿部川町と申しますのは？」

「へえ。目と鼻の先といってもいいほどで……」

「ま……さようで……」

「阿部川町に、知ったお人でもいなさいますかね？」

「いえ、別に……」

足を濯ぎ、身のまわりの品を入れた包みを持ち、三千代は三畳の向うの平十郎の居間へ入って行った。

この包みだけは、奪われずにすんだのである。

「さ、これへ……」

「はい」

「気がねなくなさるがよい」

茂兵衛は、台所で夕餉の仕度にかかっているらしい。

やがて夕餉の膳が出た。

野菜の煮物に炊きたての飯だけの質素なものだが、三千代は我知らず、出されたものをすべて腹におさめてしまった。

腹が空《す》ききっていたのだ。

食べ終えてから、

(私としたことが……)

三千代は、呆れて顔を赤らめた。

助太刀《すけだち》

この夜。

三千代は、加藤平十郎へ、すべてを打ち明けてしまった。

今日、入谷田圃《いりやたんぼ》の雑木林《ぞうきばやし》で無頼《ぶらい》どもに襲われた衝撃は、別の意味で、東海道の茶店のときのそれよりも大きかった。

(ああ……私ひとりでは、何もできぬ)

このことである。

女が、ひとり歩きをすれば、無事ではすまない。

そして今度も、男たちの乱暴の前に、三千代は、まったく無力であった。

張りつめたこころで駒井家を出奔して来ただけに、三千代はすっかり自信をうしなってしまった。

躰中のちから、というちからが抜け落ち、気力は萎《な》えつくしてしまっている。

そうした心細さに、三千代は堪えきれなかったのであろう。

一つには、加藤平十郎の暖かい人柄がよくわかったようにおもえたからだ。

平十郎は、三千代の言葉に、いちいちうなずきながら聞き終えて、

「そのような、お身の上とは知りませなんだ」

「おはずかしゅう存じまする」

「何の……うけたまわって、感服いたした」

身を入れて聞き入っていたらしく、加藤平十郎の顔は、いくぶん蒼ざめていたようだ。

そして、

「私でよろしければ、おちからになりたくおもいます」

低いが、ちから強い声で、こういった。

「加藤さま……」

うったえるように、三千代は平十郎を見た。

「ま、いずれにせよ、しばらくは、この家《や》に落ちついておられるがよい」

「か、かたじけのう存じまする」

老僕の茂兵衛は、すでに道場のほうへ自分と平十郎の臥床《ふしど》をとり、先に寝入っている。

「阿部川町の西光寺ならば、この近くでござる」

「このような事は、焦《あせ》ってはなりませぬ。よろしいか」

「は……」

「は、はい」

「私が、探《さぐ》ってみましょう」

「あの……近藤虎次郎のことを？」

「さよう。おちからにならせていただこう」

「は……」

「よろしいか？」

「ありがたく、存じまする」

泪《なみだ》だらけの三千代の顔に、生気《せいき》がよみがえったかのようだ。

「加藤平十郎、助太刀をいたす」

きっぱりと、平十郎がいいはなった。

翌日。

加藤平十郎は、午前中の稽古を終え、あとは門人にまかせ、ひとりで出て行った。

三千代は、裏の二間《ま》きりの母屋《おもや》で、老僕の茂兵衛と平十郎の帰りを待った。

道場と母屋とは、別棟になっている。

門人たちは、母屋のほうへ近づいて来なかった。

昨夜、三千代から打ちあけられたことを、平十郎は茂兵衛へ語ってはいないし、

「茂兵衛へは、いまのところ、洩らさぬようにしておいたほうがよいとおもわれます」

と、三千代へも念を入れた。

「旦那さまは、どこへ出かけたのか……」

茂兵衛が、ひとり、つぶやいたりしていた。

平十郎は、日暮れ前にもどって来た。

やはり、西光寺を探りに行ったらしい。

夜になり、茂兵衛が道場の臥床へ入ってから、

「やはり、西光寺におるようですな」

と、平十郎が三千代に、

「浪人ふうの侍がひとり、住み暮していると、近辺で聞き込んでまいった」

「では、やはり……」

「ま、急がずに事を運んだほうがよろしい」

「はい」

「私に、おまかせ下さるか？」

「よろしゅう、願いあげまする」

「よろしゅうござる。私の剣が、このような役に立てるなら満足」

加藤平十郎ならば、近藤虎次郎と斬り合っても、

(負《ひ》けは、とるまい)

三千代は、そうおもった。

自分ひとりなら、近藤に斬られて、亡夫や井上忠八の後を追うつもりであったが、いまここに加藤平十郎があらわれ、

(助太刀をして下さる……)

となると、事はちがってくる。

こうなれば三千代も、恨みの一太刀を近藤へあびせることが不可能ではなくなったといってよい。

平十郎は、

「折を見て、夜に入ってから、刀のつかい様を、お教えいたそう。いかが?」

そういってくれた。

「ぜひとも……ぜひとも、お願いをいたしたく存じます」

いうまでもなく、この夜も加藤平十郎は道場へ行き、茂兵衛と共に眠った。

妙な眼つきをするでもないし、平十郎の態度は、さっぱりとしている。

三千代は、この夜、ぐっすりと眠ることができた。

翌日も、加藤平十郎は、夕暮れ近くなってから出かけ、一刻ほどして帰って来た。

この日は、西光寺の周辺を、それとなく、見まわったらしい。

つぎの日も出かけた。

そして、この夜、平十郎は三千代へ、

「明日は、西光寺へおもむき、おもいきって、尋《き》き出してみようかとおもいます」

「大丈夫でございましょうか……」

「私と近藤虎次郎は、まったく面識がござらぬ。ゆえに、どのようにも言い逃れることができましょう」

翌日、加藤平十郎は、

「すこしの間、たのむ」

門人たちに道場をまかせ、阿部川町の西光寺へ向った。

三千代は、昂《たか》ぶる胸を押え、

(加藤さまが、無事に、もどられますよう……)

祈りつづけていた。

平十郎は、半刻ほどで帰って来た。

何といっても、この道場から阿部川町の西光寺までは近距離だけに、好都合なのである。

「三千代どの。つきとめましたぞ」

「やはり、西光寺に……」

「いや、西光寺から他へ移っています」

「まあ……」

「なれど、遠くではない。江戸の内でござる」

加藤平十郎は、西光寺の境内へ入り、門内を掃除していた小坊主に、

「こちらに、近藤虎次郎殿はおられましょうか?」

おもいきって尋ねると、小坊主が、

「以前にはおられましたなれど、いまは、本所の小梅の、木村又右衛門さまの道場におられます。御用の方が当寺へお見えのときは、そのように、おつたえせよとのことでございます」

平十郎を怪しむこともなく、すらすらとこたえたというではないか。

これは近藤虎次郎が、三千代に対して、まったく警戒をしていないことを意味する、と、加藤平十郎はいった。

女の三千代など、近藤は問題にしていないらしい。

「このほうがよい。相手の油断へ、つけこむことができましょう」

「はい」

「明日にも、その木村道場を探しに出かけようとおもいます」

「かさねがさね、御苦労ばかり、おかけ申しまして……」

「何の、何の……」

いかにも、たのもしげな、加藤平十郎であった。

その翌々日。

加藤平十郎は、朝のうちから出て行った。

「ちかごろ、先生は外出《そとで》が多くなったようだな」

「何かあったのか？」

「母屋のほうに、女の人がいる。あれは、何だろう？」

「茂兵衛がいうには、加藤先生の遠縁《えんるい》らしい」

「ほんとうか、おい」

「あれで先生も、なかなか隅にはおけないではないか」

「いや、茂兵衛の口ぶりから推してみても、そのようなことはないらしいぞ」

「そうか、な……」

「昨日、ちらりと見かけたが、美しい人だぞ」

「うむ、おれもみた」

などと、門人たちも、ようやく三千代の存在に気づきはじめたらしい。

加藤道場の門人は、この近辺の、身分も禄も軽い幕臣の子弟が多い。

多いといっても二十人そこそこで、茂兵衛のやりくりも大変のようだ。

三千代が来てから、主人《あるじ》の外出が多くなったことに、茂兵衛も不審をおぼえているようだが、この老爺は、よけいな口を決してきかぬ。

それだけでも、三千代は気が楽であった。

「だいぶんに、暖かくなりました。筋向うの玉円寺の境内で、鶯《うぐいす》が鳴いていますよ」

「まあ、茂兵衛さん、ほんとうでございますか」

「はあい、もう、春になりましたねえ」

そのころ……。

加藤平十郎は、本所の外れの小梅村へ姿をあらわしている。

西光寺の小坊主が、

「本所の五ツ目を北の方へ入ったところだと申します」

と、教えてくれたので、木村又右衛門の道場は、すぐにわかった。

粗末な手造りの垣根の向うに、竹藪を背にした藁屋根の道場が見えた。

すでに、稽古がはじまっているらしく、激しい気合声や木太刀の音が聞こえていた。

近所の子供たちや、通りがかりの人びとが、垣根の内へ入り、稽古を見物している。

塗笠をかぶったまま、加藤平十郎は垣根の内へ入って行った。

道場の前庭で、四、五人の門人たちが下帯一つになり、相撲を取っているのも木村道場らしい。

百姓家を改造した道場の、すべての戸が開けはなたれ、いましも近藤虎次郎が道場の中央に立ち、十人ほどの門人を一人ずつ、つぎからつぎへと稽古をつけているところであった。

平十郎は近寄って、近藤の稽古ぶりを凝視《ぎようし》した。

この道場の門人も、近くに住む身分の低い侍の子弟が多い。

大名の下屋敷などにいる足軽も来ていた。

近藤虎次郎は立ちはだかったまま、木太刀を引提げ、

「それ、打ってまいれ」

とか、

「まだ、まだ」

とか、声をかける。

これに立ち向う門人は汗みずくになり、猛烈な気合声をかけては木太刀を打ち込むのだが、その切先《きっさき》さえも近藤の躰に触れることができない。

「やあっ!!」

中には、体当りをかける門人もいて、これを近藤はふわりと躱《かわ》す。

その瞬間、のめって行く門人の尻や背に、近藤の木太刀が電光のように疾《はし》り、打ち据

えるのだ。

近藤は、ほとんど、立っている位置をうごかぬように見えた。

飛びかかり、打ちかかる門人の躰が、ひとり勝手にうごいているように見える。

まるで、

(ひとり相撲を取っている……)

ようなものだ。

一人で空間を打ち叩き、一人で転倒したり、のめったりしているとしかおもえぬ。

近藤は、わずかに胸を反らせたり、一歩、足を引いたりするだけで、門人たちをあしらっている。

「わあ、強《つえ》えのう」

「木村先生より、強えのじゃねえかい」

などと、加藤平十郎の前に立っている二人の百姓が、ささやき合っていた。

平十郎は、身じろぎもせぬ。

塗笠の内で、平十郎の両眼は血走っていた。

自分が立ち合っているわけではないけれども、

(ふうむ……これは……)

近藤虎次郎が、予想をこえた技量のもちぬしであることがわかったのだ。

(この男を斬り殪《たお》すということは、大変なことだ)

自分と斬り合って、どうか……。

(おそらく、勝てまい)

と、平十郎はおもった。

(だが、方法は一つではない)

では、どのような方法をもって、近藤へ立ち向ったらよいのか。

それは、まだわからぬが、

(討てぬと決めることもあるまい)

加藤平十郎は、夫の敵を討とうという三千代の健気《けなげ》さに感動している。

(何としても、討たせてやりたい)

のである。

助太刀をするといっても、むろん、三千代は戦力にならぬ。

自分が近藤へ一太刀なり二太刀なりを加えておき、近藤のちからを奪った後に、三千代がとどめを入れる。

むしろ、自分が近藤と斬り合うとき、三千代は邪魔になるといってよい。

「さあ、つぎはだれだ。おお、山口か。さ、まいれ」

額のあたりへ薄汗をにじませたのみの近藤虎次郎が、門人たちへ声をかける。

息ひとつ、はずませてはいない。

一通り、稽古をつけると、

「弁当をつかうがよい」

こういって、近藤虎次郎は道場の奥へ入って行った。

そのとき近藤が、ちらりと、道場の外の加藤平十郎へ視線を投げた。

一瞬《いっしゅん》であったが、その、近藤の眼の光りが手裏剣《しゅりけん》でも投げたように、加藤平十郎の笠の内の眼へ疾って来た。

平十郎は身を返して、垣根の外の道へ出た。

竪川沿いの道まで来てから、平十郎は塗笠をぬいだ。

顔も頸すじも、腋《わき》の下も、汗に濡れている。

(近藤は、おれを、ただの見物ではないと看たようだ)

晴れあがった早春の空を仰ぎ、加藤平十郎はためいきを吐《つ》いた。

この日の夕暮れに帰って来た加藤平十郎は、飛び立つように出迎えた三千代が、

「あの、近藤は……?」

問いかけたのへ、

「いや、その木村道場が見つからなんだので……」

気が重そうに、こたえたのみであった。

「ま、さようでございましたか……」

「近きうちに、また、探しに出るつもりです」

「まことにもって……御苦労を、おかけいたしまする」

「いや、なに……」

どうも、いつもの平十郎とはちがう。

三千代は不安をおぼえた。

（このまま、こうして、加藤様に御迷惑をおかけしていて、よいのであろうか……？）

このことである。

だが、いまの三千代には一文の銭もないのだ。

茂兵衛をまじえて夕餉の膳についたのちも、加藤平十郎は眉《まゆ》をよせ、無言のままだし、それを見た茂兵衛も当然、口をきかぬことになる。

せまい部屋の中で、三人は重苦しげに箸《はし》をうごかした。

（加藤様に、いつまでも厄介になっているわけにはいかぬ）

ならば、どうしたらよいのか。

（茂兵衛さんにたのみ、どこぞ、はたらき口を見つけてもらったら……）

などと考えているうち、おぼえず三千代の眼から熱いものがあふれてきた。

これを見た平十郎が、はっとして、茂兵衛へめくばせをした。

ちょうど食事が終ったところだったので、茂兵衛は台所へ膳を下げはじめる。

三千代も、腰をあげようとした。

「三千代どの……」

平十郎が笑顔になって、

「ま、気になさるな。今夜の私は、どうかしているのです」

「は……」

「いや、なに、これは、三千代どのに関わることではない。別の事で、いささか、おもい迷うていたので……」

「ま、それは……」

「それゆえ、いささかも気になさらぬよう」

「は……」

三千代は袂で眼を押えながら、

「それにいたしましても、このように御面倒をおかけいたしておりましては……」

「いや、それとこれとは、別の事でござる」

いかにも、

（たよりなげな……）

三千代を見ていると、加藤平十郎は、

(何としても、この女の助太刀をせねばならぬ)

と、おもった。

面倒をかけて心苦しいとおもいながらも、だからといって三千代には、他へ身を移す当てがないのだ。

成熟した三千代の、その女の躰が萎《しお》れきって、無意識のうちに加藤平十郎へ甘えかかっている。

おもわず双腕《もろうで》を差しのべ、抱きしめてやりたい。

平十郎は、あわてて眼を逸《そ》らし、

「ともかくも気を落ちつけ、安心をしておられるがよい。かならず……かならず、亡き三浦芳之助殿の敵を討てますよう、助太刀をいたすゆえ……」

一語一語に、ちからをこめていった。

「よろしいか。気を強くもたれることです」

「は、はい……」

うつむいた三千代の襟元から、のぞいて見える肌の白さに、加藤平十郎は目が眩《くら》むようであった。

着物の下の乳房が大きく息づいてい、泪をこらえている三千代のいじらしさが、何ともたまらなかった。

「ゆるりと、やすまれるがよろしい」

こういって平十郎は、そそくさと立ちあがり、道場へ去った。

そのあとで茂兵衛が入って来て、

「心配はいりませぬよ」

やさしく、ささやいた。

「何事も、うちの旦那におまかせなすっておきなさるがようございますよ」

「はい……」

そのとき、裏手の戸を叩く音がした。

「だれだえ?」

茂兵衛が台所へ出て行き、戸を開けると、若い男の声がした。

何をいっているのか、よくわからなかったけれども、その低い声が切迫している。

これに答える茂兵衛の声も、何やら徒《ただ》ならぬ緊張をふくんでいた。

すぐに、茂兵衛が顔を出し、

「ちょいと、旦那のところへ行って来ますで……」

「どうかなさいましたのか?」

蒼ざめた顔へ、むりに笑いを浮かべた茂兵衛が、

「いえ、なに……」

曖昧《あいまい》にうなずいて見せ、台所から外へ出て、いま訪ねて来た男を連れ、加藤平十郎がいる道場の方へ去って行った。

(はて、何があったのだろう……?)

雨の音がしはじめた。

日暮れ前に、空模様が怪しくなっていたことは、三千代も知っている。

しばらくして、茂兵衛が台所へもどって来た。

「もし、三千代さま……」

よびかけながら、あらわれた茂兵衛が、

「妹の病気が、急に悪うなりまして……」

と、いった。

「茂兵衛さんの?」

「はい。いま、わしの甥っ子が知らせに来まして……」

「ま、それはいけませぬ」

茂兵衛の妹……といっても、すでに五十をこえているが、葛飾《かつしか》の新宿《にいじゅく》(いまの東京都・葛飾区)の茶店へ嫁ぎ、二男二女をもうけているそうな。

そのころの新宿は、武蔵の国・葛飾郡にあった宿駅の一つで、江戸からの街道が松戸を経て、下総・上総・常陸の国々へ通じている。

新宿の傍をながれる中川の岸辺に、その茶店があるという。

茂兵衛は、二度も女房に死なれた後、子もないままに独身《ひとりみ》の暮しをつづけてきたらしい。

茂兵衛にとっては、

「たった一人の妹……」

だけに、動揺も激しかった。

「すみませぬが、三千代さま。後のことは、よろしゅうお願《ねが》えいたします」

「ようございますとも」

「旦那には、いま、ことわってめえりました」

「大丈夫ですよ、茂兵衛さん。きっと快方に向われましょう」

「そうだといいのですがねえ」

あわただしく、茂兵衛は身仕度にかかった。

「三千代さま。それじゃあ、行ってめえります」

「雨になりましたゆえ、お気をつけられて……」

「はい、はい」

雨は、まだ小降りであったが、茂兵衛は傘をひろげ、尻を端折《はしょ》って素足に草鞋ばきであった。

台所の外に、茂兵衛の甥の若い男が立っていて、

「すみましねえことで……」

何度も、三千代へ頭を下げた。

二人が外へ出て行く後姿を、三千代が見送っていると、

「茂兵衛、待て」

と、道場の入口から、加藤平十郎があらわれ、茂兵衛へ何か手渡している。

茂兵衛が、礼をのべているようだ。

「すぐに、帰《けえ》ってめえります」

「いや、後のことは心配するな。ゆるりと看病をしてまいるがよい」

口入れ屋から雇った茂兵衛を、平十郎は大事に使っている。

茂兵衛たちが出て行った後で、加藤平十郎は、三千代が台所口に立っている母屋のほうを見返りもせず、道場の中へもどって行った。

三千代も、八畳の間へもどった。

そして、縫い物に取りかかった。

それは、平十郎が道場で身につける稽古着である。

三千代が茂兵衛に、

「何ぞ、私にできることがあれば、申しつけて下さいませ」

何度もたのんだので、

「それならば一つ、お願いをいたしたいものが……」

と、稽古着のことを言い出したのだ。

何分にも毎日の稽古に使うものだから、すぐに傷《いた》んでしまう。

これまでは、近くに住む女たちへ、縫い物をたのんでいたらしい。

着古した稽古着を見せてもらった三千代は、

「わかりました」

必要な布や裁縫道具を、茂兵衛に買いととのえてもらった。

稽古着は紺木綿でつくる。

これを、よく洗って色を落ちつかせ、それから縫いあげることにした。

かたちは、男の肌着のようなものだが、前の稽古着を見ると、袖や襟元に微妙な工夫がほどこされていることがわかった。

(なるほど。剣術の稽古着とは、こうしたものなのか……)

女だけに、そして縫い物が好きな三千代だけに、興味をそそられた。

亡き夫は、稽古着などを身につけたことがなかったのだ。

昨夜から、三千代は縫い物に取りかかっていた。

とりあえず一つを縫って、平十郎に着てもらってから、また一つ、縫いあげるつもりである。

着古した稽古着には、洗った後までも、平十郎の汗と脂がしみついてい、何ともいえぬ色合いに変じている。

これを手に取り、丹念に見ているうち、何故か、三千代の胸がときめいてきた。

ところどころに継ぎの当った稽古着から、加藤平十郎の男のにおいが、たちのぼってくるようなおもいがする。

おぼえず、三千代は、その古い稽古着を顔へ押し当てていた。

そのまま……。

凝《じっ》と、うごかぬ。

雨音が強くなりはじめた。

このとき、道場の戸口へ、加藤平十郎があらわれ、母屋の方を見まもった。

道場から出た平十郎が、母屋へ来るまでには、かなりの時間《とき》がかかった。

二間きりの母屋の、三千代が縫い物をしている八畳の間の南側に小廊下がついており、その向うに土間、表口となってい、すでに戸締りがしてある。

加藤平十郎が入って来たのは、裏の戸口からであった。

台所で物音がしたとき、三千代は、

(茂兵衛さんが、何ぞ忘れものでもして、もどって来たのであろうか……)

と、おもった。

そろそろ、裏の戸締りをしようと、三千代は縫い物の手をとめたところであった。

「茂兵衛さんですか？」

声をかけると、

「いや、私です」

平十郎の声がした。

「ま、加藤様……」

「茂兵衛から、お聞きなされたか？」

「はい」

平十郎は、まだ、台所の土間へ立ったままらしい。

「それで、ちと気にかかったので、見まわりに……」

「さようでございましたか」

三千代は、すぐに三畳の間へ出て行った。

雨に濡れて立っている平十郎を見て、三千代はびっくりした。

道場から母屋までは十メートルも離れていない。

この間を駆けて来たら、これほど雨に濡れるはずはないのだが、三千代は、そこまで深く考えてみる余裕もなく、

「まあ、ひどく、お濡れに……」

「いや、なに……」

「おあがりあそばして……」

いいながら、三千代は手ぬぐいを取り、板の間へあがって来た平十郎の着物をぬぐった。

着物の下に、がっしりとした男の体軀がある。

三千代は、わけもなく顔を赤らめた。

「いや、おかまい下さるな」

平十郎が、三千代から手ぬぐいを取った。

「ただいま、お茶を……」

三千代は、八畳の間へ引き返し、茶の仕度にかかった。

「いや、急に、茂兵衛が……」

「とんだことでございました」

「まったく……」

「大丈夫なのでございましょうか？」

「いや、大分に悪いらしい。茂兵衛は身寄りの少い老爺《おやじ》でありましてな」

ようやく、平十郎が三畳の間へ入って来た。

加藤平十郎の顔面は紅潮《こうちょう》している。

「お茶を……」

坐った平十郎の前へ、茶碗を差し出した三千代の目を伏せたままの襟足にも、見る見る血がのぼってきた。

「これは、雑作《ぞうさ》を、おかけして……」

「いいえ……」

茶を一口のんだ平十郎が、

「茂兵衛が、急に……」

またしても、同じようなことをいい出した。

痰《たん》が喉《のど》に絡《から》んだような声であった。

「とんだことで……」

「さよう……」

雨音が強くなり、八畳の間にこもっている。

これまで、二度も暴漢に襲われている三千代なのだが、このときは一間に平十郎と二人きりになっても、不安をおぼえなかったのであろうか。

むしろ、三千代のほうから、招き入れたかたちなのである。

これは、加藤平十郎に救われ、この家で暮すようになってからの明け暮れのうちに、

（加藤様は、よいお方……）

という印象が、しだいに深められてきていたからであろう。

事実、平十郎が、三千代を自宅へともなってきたのは、その躰を手に入れようなどと考えたからではなかった。

なればこそ、三千代も安心をした。

その安心が、いま、われ知らず好意に変りつつある。

それを、三千代は格別に意識してはいないといってよい。

平十郎が道場から出て、母屋へあらわれたのも、

（女ひとりの部屋へ行っては……）

だが……。

そのためらいと共に、

（三千代どのが心配をしているのではないか？）

とも考えたし、そのおもいの中には、筆や口に表現しきれぬ何ものかがあったことは否めまい。

それは、三千代にしても同様ではなかったか……。

だからといって、双方が、

（こうしたい……）

(こうされたい……)

などと、期待を抱いていたわけでもない。

依然として目を伏せたまま、三千代が茶をいれ替えた。

「かたじけない」

茶碗を取った平十郎の手が、微かにふるえている。

二人は、しだいに、言葉を失っていった。

これまでなら、ぎごちないこともなく、あれこれと語り合えたのだ。

夕餉の後で、茂兵衛が道場の方へ引き取った後に、この部屋で、二人きりで語り合ったことも何度かある。

そのときは、別に何でもなかった。

しかし、老僕の茂兵衛が今夜は帰って来ないという一事が、おもいもかけぬ影響を二人にあたえたことになる。

いま、三千代と平十郎は、そのことを無意識のうちにわきまえている。

加藤平十郎が、茶をのみほした。

「あの、お茶を……」

「は……」

三千代が、また、茶をいれ替えた。

「かたじけない」

「いいえ……」

雨が、屋根へ叩きつけていた。

「あの……」

「何です？」

「ひどい降りに、なりました」

「さよう」

「茂兵衛さんが、さぞ、困って……」

「そうですな」

「無事に着けると、よいのでございますが……」

「さよう。無事に……」

それから後、たがいに、どのような言葉をかわしたのか、二人ともおぼえてはいなかったろう。

何かの拍子に、伏せていた三千代の目が、加藤平十郎の目と合った。

それが切掛けとなった。

平十郎の両眼は強い光りを湛《たた》えて三千代の顔を、躰を、すでに抱きすくめているかのようであった。

はっと、またしても目を伏せた三千代の肩や胸が、はげしく揺れうごきはじめた。

「み、三千代どの……」

乾《かわ》いた声で、平十郎がいい、三千代へ躙《にじ》り寄って来る。

三千代は、言葉にならぬ低い声を発し、顔を、躰を背《そむ》けた。

けれども、逃げようとはせぬ。

尚も、平十郎が寄って来た。

たまりかねたように、三千代は平十郎へ背を向けた。

男の荒あらしい息が、三千代の襟足へかかり、ためらいがちに平十郎の手が三千代の肩へ置かれた。

三千代が、身ぶるいをした。

だが、逃げようとはせぬ。

肩へ置いた平十郎の片手に、ちからがこもってくる。

一つの手が二つになった。

平十郎の胸が、三千代の肩へ押しつけられてきた。

三千代が突然、向き直ったのはこのときである。

二人は、言葉を絶した。

たまりかねたように、三千代の双腕《もろうで》が平十郎の胸へ縋《すが》りついた。

そして……。

翌朝。

三千代が臥床《ふしど》の中で目ざめたとき、加藤平十郎のたくましい裸身は、もう傍に横たわっていなかった。

あまりのはずかしさに、三千代は低い叫びを発して半身を起した。

日は、すでに昇ってい、道場の方から、門人たちの稽古の気合声が聞こえている。

(ああ、どうしよう。どうしたらよいものか……)

そのころの武家の女は、寝乱れた顔や姿などを男の目にふれさせることを恥としていた。

三千代の髪は、乱れつくしている。

昨夜、平十郎の激しい愛撫が繰り返され、それは臥床へ入ってからもつづけられた。開《はだ》けた寝間着《ねまき》を掻き合わせつつ、三千代は臥床へ突っ伏して、微かに平十郎の名をよんだ。

もはや、取り返しのつくことではない。

亡き夫・三浦芳之助にすまぬとおもいながらも、いまの三千代には、それほど罪悪感がない。

それも、相手が加藤平十郎だったからであろうか……。

昨夜の二人は、まさに、たがいに求め合ったといってよい。

不自然な、不快なおもいのうちに抱き合ったのではなかった。

全身が気怠《けだる》く、体重が二倍になったようにおもえる。

起きあがった三千代は臥床を片づけ、着替えをし、髪をととのえた。

(加藤様の、朝餉の仕度もいたさずに……私は、まあ、何という女なのであろう)

台所へ出て、竈《かまど》に火をつけてから、三千代は外の井戸へ水を汲《く》みに出た。

雨はあがってい、朝の陽光が水溜《みずたま》りに煌《きら》めいている。

道場から加藤平十郎があらわれたのを見て、三千代は躰を硬くし、水桶を持って台所へ入った。

平十郎の足音が、裏手へ近づいて来る。

台所から、三畳の間へ三千代は逃げた。

「三千代どの……」

台所へ入って来た平十郎の声は、むしろ晴れ晴れとしている。

「三千代どの。そこにおいでか?」

「は、はい……」

平十郎が、三畳の間へ入って来た。

稽古着を身につけた平十郎の躰から、汗のにおいがたちのぼってくる。

三千代は、目が眩むようであった。

坐って、目を伏せたままの三千代の傍へ来た平十郎が屈み込んだ。

「三千代どの……」

「は、はい」

「かくなれば……かくなれば、何としても、近藤虎次郎を討たねばならぬ。いや、かならず……かならず、討ち果して見せます」

一語一語に、ちからをこめ、加藤平十郎はいった。

「三千代どの。昨夜のことを、おゆるし下されてか？」

「は……」

「お怒《いか》りではありませぬな？」

「……」

「いかが？」

顔をさし寄せた平十郎が、三千代の襟足のあたりへ顔を埋めた。

平十郎の口唇《こうしん》が、三千代の襟足を強く吸った。

「ああ」

向き直った三千代が、ひしと平十郎へ抱きつき、すすり泣きをはじめた。

「み、三千代どの……」

「もう、何も……」

「え……？」

「何も、何も、おっしゃって下さいますな」

「では、おゆるし下されるか？」

三千代のこたえは、尚も平十郎の厚い胸へ顔を押しつけることによって代えられた。

「安心をいたした。これで、安心をいたした」

三千代の耳朶へ、唇を押しあてるようにしてささやいた加藤平十郎は、

「稽古をすませてまいる」

「は、はい」

「では……」

三千代から離れ、平十郎が台所から出ていった。

三千代は突っ伏したまま、うごこうともせぬ。

裏手で、しきりに雀が囀《さえず》っている。

躰中のちからというちからがぬけ落ちてしまい、しばらくは起きあがれぬ三千代であった。

この日の夕餉が終った後も、平十郎は道場へ去ろうとはせぬ。

そして、この夜も、二人は一つの臥床に眠った。

「敵の居処《いどころ》は知れている。私も、いささか、おもうことがあります。万一にも失敗《しくじり》はゆるされぬゆえ、急《せ》いてはなりませぬぞ」

何度も、平十郎は三千代にいった。

つぎの日も、また、つぎの日も加藤平十郎は三千代と共に夜をすごした。

平十郎は近藤虎次郎を討ち、亡き三浦芳之助の怨みをはらした後に、三千代を妻に迎える決意をかためている。

平十郎が、それを言葉に出さなくとも、三千代にはよくわかった。

いま、三千代には、これを拒《こば》む理由も事情もない。

たがいの、熱しきった肌身が一つに溶け合うにつれ、思念も反省も、立ち入る隙とてなかった。

(ああ、もう、私は、加藤様と別れて暮すことはできぬ)

二人が夫婦になるためには、近藤虎次郎を討つことによって、過去の自分の決着をつけねばならぬ。

近藤を討ち果すことにより、

(亡き夫も、自分の再婚をゆるしてくれよう)

と、三千代はおもった。

平十郎もまた、近藤を討たねば、男として、剣士として三千代の亡夫への、

（義理が果せぬ……）

ことになる。

こうなると、三千代と加藤平十郎は、これからの二人の新しい人生のために、何としても近藤虎次郎を、

（討たねばならぬ……）

ことになったわけだ。

それだけに、加藤平十郎の闘志は却《かえ》って燃えさかったといってよい。

別の意味で、三千代の執念も強められてきた。

老僕の茂兵衛が帰って来たら、また、平十郎は小梅村の木村道場へ様子を見に出かけるつもりだ。

「もしも、よき機会を得たときは、三千代どのがおらぬとしても、私は近藤を討つやも知れぬ。それで、よろしいか!?」

と、平十郎は三千代に念を入れた。

「はい」

むしろ、自分がいては、

（加藤様の、足手まといになるのではないか……？）

三千代は、そう、おもいはじめている。

これまでに二度、無頼の男どもに襲われたとき、狼狽のあまり、手も足も出なかった自分の不甲斐なさを、三千代は充分にわきまえている。

われながら、

(なさけないこと……)

と、おもいはしても、どうなるものでもない。

こうなれば、加藤平十郎をたよるよりほかに道はない。

茂兵衛が出て行って五日目に、甥がやって来て、病人が少し持ち直したので、いま少し看病をしたいという、茂兵衛の言葉を平十郎へ伝えた。

むろん、平十郎は、こころよく承知している。

帰《かえ》る雁《かり》

　これより先……というのは、三千代が加藤平十郎に救われた翌々日のことだが、小梅村の木村道場へ、井伊家の川村弥兵衛が訪ねて来た。

　門人たちに稽古をつけていた近藤虎次郎は、

「これは、遠いところを……」

　すぐに、川村を母屋へ案内し、

「何ぞ、急なことでも？」

「うむ……」

　川村弥兵衛は、冴《さ》えぬ顔色をしている。

「三千代どのが、何か……？」

「それがのう」

「どういたしたので？」

「行方知れずになってしもうて……」

「まことで?」

「うむ」

一昨日、駒井宗理家を川村弥兵衛が訪れたとき、買物に行くといって出て行ったきり、三千代は、ついに駒井宅へもどって来なかった。

「これを何とおもう!?」

「さて……」

夜に入っても三千代が帰って来ないので、駒井宗理が、三千代の持ち物を調べてみると、わずかではあるが、手まわりの品や脇差がなくなっていることがわかった。

となれば、これは、かねてから出奔を計画していたことになる。

駒井宗理は、居ても立ってもいられぬ態《さま》で心配をし、手のおよぶかぎり、三千代の行方を探しているが、消息は全くつかめぬ。

「これはやはり、おぬしを討たむとしているのではあるまいか。もっとも討つといっても討てるものではないのじゃが……」

「それと決まったわけでもありますまい」

「と、申すのは!?」

「井上忠八が死んだので、私を討つことを、あきらめたのやも知れませぬ」

「ふうむ……」

わずかにうなずいた川村弥兵衛が、

「なれど、駒井家を出て、落ちつく先があるのか、どうか……？」

「三千代どのが彦根を出奔してより、二年の月日が経《た》っております。その間に、いろいろと知人《しりびと》もできたのではありますまいか」

「なるほど。なれど、駒井家にいることが、もっともよいはずではないのか。そこがわからぬ」

「さよう……」

凝と考え込んだ近藤虎次郎へ、川村が、

「はてさて、女という生きものの始末は、むずかしいことよ。いざとなると、おのれ一人のことのみしか考えがおよばぬのだからのう」

つくづくと、嘆息を洩らし、

「わしが、駒井家へまいるのが一日、遅かったわい」

といった。

井伊家の江戸屋敷でも、

「捨て置け」

と、いうことになったらしい。

「仕方もありませぬな」

近藤虎次郎も、深いためいきを吐いた。

そのころの、女ひとりが、故郷を離れるというのが、まことに危険きわまりないことであるのは、これまでに度《た》び度びのべてきた。

なればこそ、近藤は、井伊家の保護の許に三千代を置きたかったのであろう。

三千代が何処を目ざして、駒井家を出奔したのか、それはわからぬが、近藤は、女ひとりで、自分をつけ狙《ねら》うこともあるまいとおもった。

「もしやして、彦根へ帰ったのではあるまいか?」

川村弥兵衛も、そういい出した。

「さて……」

「おぬしは、やはり当分は、この道場におるつもりか?」

「はい」

「井上忠八のほかに、三千代を助けて、おぬしを討とうとしている男がいるであろうか?」

わからぬことは、いくら考えてみてもわからぬのである。

「川村様。まことにもって、いろいろと御面倒をおかけいたしました」

「いや、それはかまわぬが……」

「かくなれば、もはや、手のつくしようがありませぬ」

「さよう……」

「私も、いまは井伊家とは何の関《かか》わり合いのない身でありますゆえ、御家《おいえ》に御迷惑《ごめいわく》のかかるようなまねは決していたしませぬ」

「うむ」

だが三千代の実兄・山口彦太郎は井伊家に仕える身であるから、三千代の場合は井伊家との縁が切れたわけでもない。

三千代が、何か、井伊家の体面にかかわるような事件でも引き起したときには、兄の彦太郎へ、

(累《るい》がおよぶ)

ことも考えられる。

井伊家では、無断出奔した三千代の罪を表沙汰にして、山口彦太郎へ、

「肉親の縁を切る……」

ように命じることになった。

むろん、そのために必要な書類はととのえるにちがいない。

山口彦太郎も、藩庁の命令とあれば、これを承知せぬわけにはまいるまい。

それゆえ、三千代の身について、

「捨て置け」

との処断が下されたのであろう。

そうなれば、三千代が何処で何をしようと、井伊家の知ったことではない。

やがて、川村弥兵衛は、

「わしとの連絡《つなぎ》を絶やさぬように。よいか」

「はい」

「こちらからも、何か起ったるときは、すぐに知らせよう」

「御面倒をおかけいたし、申しわけもありませぬ」

「では……」

川村を見送ったのち、近藤虎次郎は何事もなかったように、道場へもどって稽古をつづけた。

こうなってしまえば、

(もはや、自分の考えおよぶところではない)

のである。

何もわからぬのに、あれこれと、

(臆測《おくそく》をしてみても、はじまらぬ……)

のである。

以前の近藤虎次郎なら、三千代が行方不明になったと聞いて夜も眠れぬほどに心配をしたろう。

ところが、木村道場をあずかるようになってからの近藤は、自分が気づかぬうちに、変貌しつつあるようだ。

剣士として生きぬく決意が、自然に、しっかりとかためられたのやも知れぬ。

さて……。

それから数日後のことだが、例によって、近藤虎次郎は門人たちに稽古をつけていた。

通りがかりの人びとや、近辺の子供たちが門内へ入って来て、激しい稽古を見物するのも毎日のことであった。

そのとき……。

近藤は門人たちを相手に木太刀を揮《ふる》っていて、

(はて……？)

何気なく、道場の外で見物している人びとへ視線を向けたとき、見物の中に塗笠をかぶった浪人ふうの侍がいるのに気づいた。

通りがかりの見物の中に、侍がまじっていることも、めずらしいことではない。

だが、近藤ほどの剣士になると、常人には計り知れぬ鋭い勘のはたらきがある。

笠の内に隠れて見えぬ、その侍の眼の光りを、一瞬のうちに近藤は感じとった。

侍の眼光が笠を打ち破り、稽古をつけている自分へ飛びかかって来るかのように感じられた。

(何者か……?)

おそらく、すぐれた手練《しゅれん》のもちぬしにちがいない。

剣士としての眼で、近藤の稽古ぶりを凝視していたのか。

(それとも……?)

この夜。

近藤虎次郎は臥床《ふしど》へ入ってからも、塗笠の侍のことが、気にかかってならなかった。

近藤は、西光寺へ手紙を届けてよこした名も知らぬ男のことを、おもい出した。

(自分が知らぬ者が、自分の後をつけたり、井上忠八の後をつけていた……)

のである。

今日、道場で門人たちへ稽古をつけていた自分を、笠の内から凝と見つづけていた侍は、

(もしや、あの手紙のぬしではあるまいか……?)

そのようにも考えられる。

そのとき、いま一つ、近藤が想起《そうき》したことがある。

それは、いま、何処かの空の下を飄然と旅しているであろう木村又右衛門が、いつであったか近藤虎次郎へ洩らした言葉であった。

「人の世などというものは、な……」

と、木村又右衛門はいった。

「それぞれの、人の勘ちがいによって、成り立っているようなものじゃ。それが、この年齢《とし》になってみて、よく、わかるようになってきた」

人間たちの頭で考える推定とか予測とかいうものほど、

「当てにならぬものはない」

木村は、そういうのだ。

親と子の間柄でも、肉親どうしでも、人と人とが真に理解し合うことは不可能であり、まして他人どうしが、あれこれと、たがいに、おもいをめぐらしてみたところで、それがぴたりと適中していることは、ほとんどないといってよい。

これが、木村又右衛門の信念のようなもので、

「それがわかったとき、わしは、すっかり気が楽になってな。それからはもう、よけいなことを考えずにすむようになった」

と、いった。

人の世というものが、この木村の言葉一つで解けるものではないだろうが、たしかに、

(一理はある)

といえる。

たとえば、三千代の亡夫・三浦芳之助が、あの夜、いきなり近藤虎次郎へ斬りつけてきたのも、

(何か、勘ちがいをしたのではないか)

としか、おもわれぬ。

それでなくして、あのように無謀なふるまいをするはずがない。

それとも、たとえ背後からにせよ、

(あの腕で、このおれを斬って殪《たお》すことができるとおもったのだろうか?)

とすれば、これまた、三浦芳之助の勘ちがいといってよい。

そして三千代はどうか。ひたすらに近藤を憎む三千代もまた、勘ちがいをしているといえなくもない。

近藤虎次郎は、三千代を苦しませまいとして、三千代が知らぬうちに、あの事件を解決してしまいたかった。

ちょうど、折よく、夜の路上で通夜から帰る三浦芳之助と二人きりになれたので、三浦を諫《いさ》め、早急の解決をすすめた。

あのときの二人の言葉のやりとりを、もし、三千代が聞いていたら、そのおどろきは

たとえようもないにちがいない。

そして、三浦芳之助を斬殺してしまった近藤虎次郎なのだ。

これまた、

「これだから、こうなった」

と説明がつくものではない。

近藤は、その翌日、道場で稽古をつけながら、

(今日も来るか、どうか……?)

注意をおこたらなかったが、塗笠の侍は、ついにあらわれぬ。

つぎの日も、また、つぎの日も姿を見せなかった。

(おれも、どうかしている……)

近藤虎次郎は、苦笑を洩らした。

あの侍は、自分とも三千代とも関係のない剣客であったやも知れぬ。

同じ剣の道を歩むものなら、通りかかった道場の稽古を飽きもせずに見ていても、ふしぎなことではない。

(そうだとすれば、あの侍、尋常の剣士ではない)

近藤は、そうおもった。

このときから近藤は、塗笠の侍について深く考えることをやめた。

ところが……。

また、あらわれたのだ。

塗笠の侍が、加藤平十郎であることはいうまでもない。

それは、平十郎と三千代が、

「夫婦同様……」

の間柄となって後の、或日のことであった。

門人に稽古をつけながら、近藤虎次郎が外へ目をやると、見物の人びとの背後に、また、塗笠の侍が立っている。

(来た……)

おどろいたわけではない。

しかし、これで、この侍が自分に対して特別の関心を抱いていることが、わかったようにおもった。

この近辺に住んでいる侍ではない。

それなのに、またしても姿をあらわしたというのは、近藤に目をつけていることになる。

道場といっても、わざわざ見物にあらわれるほどのものではない。

飛びぬけてすぐれた門人がいるわけでもなく、道場は百姓家を改造した粗末なものなのである。

（いったい、何者なのか？）

近藤は不安をおぼえるより、塗笠の侍に興味を抱きはじめた。

一方、二度目に近藤虎次郎の稽古ぶりを見た加藤平十郎は、

（自分が正面から打ちかかっても、到底、討ち果すことはできまい）

そこは加藤も、一城（道場）の主だけに、近藤の手練のほどが、その稽古ぶりを見ただけでも、看てとれたのであろう。

一日おいて平十郎は、また、小梅の木村道場へおもむいた。

この日、道場の稽古を見る前に、平十郎は、それとなく木村道場の周辺を歩きまわってみた。

あたりの地形を、しっかりと頭に入れておこうとしたのだ。

道場の裏手へもまわり、母屋の様子もたしかめた。

近藤虎次郎は、それと知らずに道場で稽古をつけている。

昼すぎになって……。昼餉をすませた近藤が、午後からやって来る門人たちへ稽古をつけていると、

（また、来たな……）

見物のうしろに、塗笠の侍を見出した。

だが、この日の加藤平十郎は、すぐに引きあげることにした。

これ以上、近藤虎次郎の稽古ぶりを見たところで仕方もない。

腕のちがいは、

(しかとわかった)

のである。

だからといって平十郎が、闘志を失ったのではない。

いや、むしろ、

(何としても討つ!!)

この決意に燃えていた。

これから、三千代との新しい人生に踏み出すためには、どうしても近藤を討たねばならぬ。

いま、加藤平十郎は、近藤を奇襲するよりほかに、絶対の勝ちはのぞめぬと考えはじめている。

卑怯《ひきょう》だが、仕方もあるまい。

(私が近藤に返り討ちとなったら、三千代どのの行末はどうなる?)

このことであった。

むろん、これは、いいわけにすぎない。

平十郎は、美しい三千代と共に歩み出す、これからの人生を脳裡にえがいて、目が眩むようなおもいがしている。

（近藤だとて、三浦芳之助殿を手にかけたのに、その場で腹を切ることもせず、自首もせず、卑怯にも彦根城下から逃げ出したのではないか。そのために、三千代どのが、どのように苦しいおもいをしたか……）

なればこそ、奇襲して討ち果してもかまわぬと、平十郎はおもった。

だが、近藤虎次郎を奇襲して討つことは、同じ剣客として、加藤平十郎も忸怩《じくじ》たるものがある。

そこで、

「場合によっては、私一人で近藤を討つやも知れぬ」

と、三千代に念を入れておいたのだ。

三千代は、これを承知した。

いまや、一日も早く近藤を討ち、自分の過去からはなれ、加藤平十郎との新しい人生に踏み出したい。

このことのみであった。

さて……。

見物のうしろにいた加藤平十郎が外へ出て行く姿を、近藤虎次郎は見逃さなかった。

「すぐにもどる」

門人たちへこういって、近藤は稽古を中断し、道場の裏手から外へ出た。

そして、すぐに、五ツ目道を竪川沿いの道へ向って歩みつつある加藤平十郎を見出した。

近藤は、稽古着に木綿の袴をつけただけで、身に寸鉄も帯びていなかった。

木太刀も、手にしてはいない。

塗笠をかぶったままの加藤平十郎は、まさかに、近藤が後からついて来ようとはおもわなかったろう。

「もし……」

人通りもない五ツ目道で、背後から声をかけられ、振り向いた平十郎が、

(あ……)

息をのんだ。

この一瞬に、勝負は決まったといってよい。

近寄って来る近藤虎次郎に対し、平十郎は、ついに塗笠を除《と》って顔を見せることができなかった。

近藤は、平十郎と約三間をへだてて、ぴたりと足をとめ、

「私は、あなたが見物をしておられた道場をあずかっている者で、近藤虎次郎と申しま

す」

はっきりと名乗った。

平十郎は、咄嗟《とっさ》に言葉が出なかった。

「先日も、見物をなされていたようですな」

わずかに、平十郎がうなずく。

「つかぬことをお尋ねいたすが、もしや、あなたは、浅草阿部川町にある西光寺という寺にいた私へ、御手紙を下された御方ではありませぬか？」

この近藤の問いかけは、平十郎にとって、

（意外の事……）

と、いわねばならぬ。

「いいや……」

平十郎が、かぶりを振って見せた。

まだ、笠を除れない。

どうしても除れない。

「さようか……」

近藤の両眼が、ひたと平十郎を見据えている。

つぎに、近藤虎次郎が言い出たのは、

「卒爾《そつじ》ながら、御名前をうけたまわりたい」

と、いうものであった。

平十郎は、一瞬、ためらった後に、

「加藤平十郎と申す」

と、こたえた。

いうまでもなく、近藤の記憶にない姓名である。

「かとう、へいじゅうろう殿……」

口の中で呟いた近藤が、

「加藤殿は、私に、何ぞ御用がおありなのか？」

問いかけてみた。

またしても一瞬の沈黙の後に、平十郎は、

「いいや……」

かぶりを振って見せた。

平十郎は、はじめから近藤に圧《お》され気味になっている。

かぶりを振って見せても、その態度にあらわれるものは、あきらかにちがう。

加藤平十郎が近藤虎次郎を目ざして、木村道場へあらわれ、密かに近藤の太刀筋を、

（特別の目をもって……）

注視していたことは、このときの平十郎の態度に、はっきりとあらわれてしまっている。

そもそも、近藤が率直に名乗って挨拶をしたのに対し、平十郎が塗笠をかぶったままの無礼を敢《あ》えてしたのは、そこに加藤平十郎のこだわりがあったからだ。

後ろめたさをおぼえていたからにちがいない。

自分の顔を近藤に見せたなら、いつか近藤を奇襲するときの、

(さしさわりになる……)

と、無意識のうちに、平十郎は感じていたのやも知れぬ。

「さようか……」

近藤は、うなずき、

「御無礼を……」

平十郎へ一礼し、しずかに木村道場の方へ去って行った。

その後姿を見送った加藤平十郎は、はじめて、近藤が何一つ得物を持っていないことに気づいたのである。

(近藤は、無腰であった……)

それならば、抜き打ちをかけて、近藤を討ち殪すこともできたのではあるまいか……。

白昼の路上とはいえ、まったく人の姿を見かけなかったし、たとえ人が通りかかろう

とも、武器を手にせぬ近藤虎次郎なら、

（討てた……）

と、平十郎はおもった。

おもったが、すでに遅い。

（負けた……）

竪川沿いの道へ出たとき、加藤平十郎の躰は脂汗にぬれている。

しかし、それだけに、

（こうなれば、近藤を不意打ちにするよりほかはない）

却って、はっきりと決意することができたともいえる。

近藤虎次郎が、どのような明け暮れを送っているのか。

外出《そとで》をすることがあるのか。

そうしたことを、これから探り出し、近藤の油断を見出さねばならぬ。

盗賊のように、あの道場の母屋へ夜半に忍び込み、寝入っている近藤を襲うことも考えてみた。

だが、これは却って、

（むずかしい……）

ようにおもわれる。

笠に顔を隠し、見物にまじっていた自分を、

（怪しい……）

と、看て取ったほどの近藤ゆえ、臥床へ身を横たえていても、隙は見せぬのではないか。

今日の加藤平十郎は、近藤に不意をつかれたかたちとなったが、今度は、こちらが近藤の隙へつけこまねばならぬ。

そうすれば、

（勝てる……）

平十郎は、自分の闘志を掻き立てながら、家へ帰った。

この夜、三千代へあたえた加藤平十郎の愛撫は、いつになく激しかった。

三千代は、近藤虎次郎のことを忘れきってしまうかのように見える。

遅咲《おそざ》きの花片が一斉《いっせい》にひらいたかのように乱れ、陶酔《とうすい》した。

平十郎さえいれば、もう他には何もいらぬと、三千代の肉体が声を発しているかのようであった。

同じ夜。

小梅の木村道場では、近藤虎次郎が臥床へ入り、

（あの加藤平十郎という男、いったい何者なのか？）

不安ではなく、むしろ、興味をそそられたかのようだ。

(あの男は、三千代どのとは、別に関わり合いがないのではあるまいか。それにしても、江戸へ来てからのおれの身のまわりは、何やらいそがしくなってきたことよ)

このことであった。

ついに塗笠を除らなかった加藤平十郎の全身からは、

(殺気がふき出していた……)

これは、近藤が確信をもっていえることだ。

その翌朝。

加藤平十郎を訪ねて、どこかの屋敷の若党らしい男があらわれた。

「中村権右衛門《なかむらごんえもん》よりの、使いの者でございます」

と、若党は母屋へ来て、そういった。

「は……しばらく、お待ちを……」

老僕の茂兵衛がいないので、三千代は仕方なく外へ出て、道場へ近づいて行った。

門人たちが稽古しているところへ出て行くのは、やはり面映《おもはゆ》かった。

ちょうどそのとき、若い門人がひとり、裏の井戸端へあらわれたものだから、

「あの、もし……」

おもいきって声をかけた三千代へ、その門人は目をみはり、

「は……？」

「あの、加藤先生へ、御来客が……」

「およびしてまいりましょう」

「おねがいをいたします」

「は、は」

三千代は、全身を熱くして母屋の裏口から中へ駆けもどった。

すぐに平十郎が、道場から母屋へやって来て、玄関先で若党と語り合っているようだ。

けれども、三千代が茶の仕度をして出て行くと、すでに若党は帰ってしまったらしく、平十郎が三畳の間で、若党が持って来た手紙を読み下しているところだ。

「もう、お帰りに？」

「うむ……」

うなずいた平十郎が手紙を読み終えて、

「亡き父の、古くからの朋友《ほうゆう》の方より、使いがまいったのです」

「ま、さようでございましたか」

「これより、まいらねばならぬ」

「では、お仕度を……」

すぐに三千代は、平十郎の外出《そとで》の仕度にかかった。

平十郎も、また、三千代の介添えを自然に受けている。

こうした二人の様子は、だれの目にも、

（夫婦そのもの……）

としか見えぬであろう。

「さほどに遅くはなるまいが、留守中、気をつけられよ」

「はい」

加藤平十郎は、出がけに、道場へ立ち寄り、門人たちへ、

「急用ができたゆえ、出てまいる」

声をかけてから、外へ出て行った。

今日の平十郎は塗笠もかぶらず、羽織・袴の姿であった。

身仕度をしながら、

「はて、何のことか……？」

平十郎が、つぶやいたのを、三千代はおぼえている。

（何ぞ、心配の事でも……？）

三千代は、平十郎の帰りが待ち遠しかった。

洗濯物を、母屋の裏手へ干し終えて、三千代が何気もなく空を仰ぐと、あたたかく晴れわたった空に、雁《かり》の群れが渡っていた。

雁は、秋のころに寒冷の地より渡って来て、春になると、三千代が見も知らぬ北方の国へ帰って行く。

秋にやって来る雁の群れを見るときは格別のこともないが、春の帰雁《きがん》を見ると、何とはなしに哀れをおぼえるものだ。

(ああ、間もなく、亡き夫の命日がやってくる……)

それも、三回忌《き》になるのだ。

あのとき十九歳だった三千代は、二十一歳になっている。

ほんらいならば、三浦芳之助の未亡人として、彦根で亡夫の三回忌をいとなまねばならぬ三千代であった。

(まるで、夢のような……)

三浦芳之助との結婚生活さえも、いまは夢を見ているようにしか感じられない。

ちから強く、たのもしげな加藤平十郎の愛撫に溺《おぼ》れ、平十郎と共に新しい道へ、歩み出そうとしている、いまの三千代にとっては、その現実こそが唯一のものとなってしまった。

そして、いまや、近藤虎次郎への怒りや怨恨までも、日に日に薄らぎつつあるのは、いったい、どうしたことなのであろう。

(女というものは、みな、こうなのだろうか……それとも私だけが、このような……)

われながら、薄情な女とおもわざるを得ない。

加藤平十郎に救われ、この家で暮すようになってからの自分は、すこしずつ、その暮しの落ちつきの中へ浸り込んでしまった。

さらに平十郎と肌身をゆるし合ってから今日まで、わずかな日々の経過の中で、三千代は、自分でもおどろくほどに変貌している。

平十郎は三千代と正式に夫婦となるために、

「何としても近藤虎次郎を討ち、亡き三浦芳之助殿の怨みをはらしたい。それでなくては、男の義理が立ちませぬ」

きっぱりと、三千代にいった。

以来、道場の稽古の暇を見ては、平十郎が小梅村へ近藤の様子を探りに出かけているらしい。

しかし、三千代には、

「ぜひ、私を、お連れ下さいませ」

と、いい出るだけの気持ちにもなれぬ。

無意識のうちに、

(もう、近藤のことなぞ、どうなってもよい)

と、三千代はおもいはじめているのだろうか……。

近藤よりも、三千代にとって大切なのは加藤平十郎である。

加藤平十郎が近藤虎次郎と斬り合って、

(負けるとはおもわぬ……)

三千代であったが、さりとて、(勝てるとは決まっていない……)のである。

万一にも、平十郎が近藤に斬り殪されるようなことになれば、せっかくにつかみかけた三千代の幸福は、一瞬のうちに消滅してしまうのだ。

(そうだ。平十郎様に申しあげよう。もはや、近藤を討っていただかなくともよろしゅうございます、と……)

加藤平十郎は八ツ半(午後三時)ごろに帰って来た。

道場では、門人が三人ほど残っていて稽古をしていたので、

「すぐにもどります」

平十郎は、稽古着に着替えた。

平十郎の顔には、こころよい興奮の色が浮かんでいた。

(悪い事があったのではない)

と、三千代は直感をした。

「あの、御用は、おすみになりましたので?」

「さよう。すぐにもどって、ゆるりとおはなしいたす」

平十郎は、笑顔のまま、道場へ去った。

(何ぞ、よいことがあったらしい……)

そのことは、もはや、あきらかであった。

しばらくして、稽古を終えた加藤平十郎が母屋へもどって来た。

母屋の台所に接した土間の一隅へ、小さな風呂が据えてあった。

毎日、これで入浴をするわけではないのだが、今日は三千代が仕度をしておいたので、
平十郎が、

「これは何より」

大よろこびで、風呂へ入った。

「あの、お背中を……」

三千代は、平十郎の背中へまわった。

「かたじけない」

三千代に背中をながしてもらいながら、

「実は、今日、よい事がありましてな」

「まあ、何でございましょう」

「急に、仕官の事が決まりそうなのです」

平十郎の亡父・加藤惣市《そういち》も剣客であったが、その旧友で、今朝ほど平十郎へ使いをよ

こした中村権右衛門は、泉州《せんしゅう》・岸和田五万三千石を領する岡部《おかべ》美濃守《みののかみ》の家臣である。

中村は、赤坂・山王にある岡部家の江戸屋敷にいて、御用取次役《ごようとりつぎやく》をつとめているそうな。

つまり、中村権右衛門の口添えで、加藤平十郎が岸和田藩・岡部家へ召し抱えられることになりそうだという。

討《う》つ

いまは、日本の諸国に浪人があふれているほどで、諸大名には、これを召し抱えるだけの余裕《ゆとり》もなければ、関心もないといってよい。

戦国の世が終って百何十年も経《た》つのだから、侍は官僚化してしまい、大名家の大半は財政難に喘《あえ》いでいる。

大小の刀を帯びていても、そのあつかい方ひとつ知らぬ侍が増えるばかりだというし、また、それで通る世の中になってしまった。

それでいて、やはり武芸は侍の〔表芸〕というわけで、たとえば加藤平十郎にしろ、平十郎の父にしろ、小さな道場を構えて、どうにか暮しを立ててきた。

中村権右衛門も一刀流の遣《つか》い手で、湯島五丁目に大道場を構える金子《かねこ》孫十郎信任《まごじゅうろうのぶとう》の門人でもあった。

平十郎の亡父・加藤惣市も流派《りゅうは》が同じでもあり、金子孫十郎に私淑《ししゅく》していたところから、湯島の道場へ顔を出すことが多く、そこで中村権右衛門と親しくなったらしい。

中村は、

「何ともして加藤惣市殿を、わが藩へ仕官させたいものだ。加藤殿は剣士としてもすぐれているが、人物として、さらにすぐれている。あのような人《じん》を召し抱えることは、わが藩にとって益《えき》するところが多い」

というので、かなり、骨を折ってくれたらしい。

しかし、そのうちに加藤惣市が急死をしてしまった。

それから四年後のいま、中村権右衛門が、惣市の息・平十郎を岡部家へ仕官させるところまで漕ぎつけるまでには、随分と苦心をしたにちがいない。

加藤惣市亡きのち、中村権右衛門は、何かと平十郎の相談に乗ってくれたし、平十郎も中村には礼をつくしてきた。

亡き父の跡を継ぎ、道場の主となった加藤平十郎を、中村権右衛門はあたたかい目で見まもってきた。

そして、

（これならば……）

と、確信をもてるようになったので、平十郎の仕官についてうごきはじめたのであった。

中村は、藩主・岡部美濃守の側近《そば》く仕える御役目についており、美濃守の信任が厚い。

そうしたこともあって、このほど、

「加藤平十郎を召し抱えるように」

と、岡部美濃守から言葉があった。

一応は、武芸指南役《ぶげいしなんやく》という名目ゆえ、加藤平十郎は選ばれた三名の藩士と、美濃守の前で、試合をおこなわなくてはならぬ。

この試合については、加藤平十郎よりも、むしろ中村権右衛門のほうが、

「案ずることは、すこしもない」

と、楽観をしている。

えらばれた三名の藩士と、平十郎の手練《しゅれん》をくらべてみれば、

「平十郎が負けるはずはない……」

のである。

平十郎もまた、自信をもって試合にのぞむつもりであった。

「いろいろと都合もあるので、試合は五日後に渋谷の下屋敷でおこなうことになろう」

と、中村権右衛門が平十郎へいった。

それから平十郎は、江戸藩邸詰めの重役たちにも引き合わされ、

「試合の日時が決まりしだい、すぐに知らせるゆえ、心がまえをしておくがよい」

中村の言葉をありがたく受け、帰宅したのであった。

「それは、おめでとうございました」

「よろこんで下さるか、三千代どの」

「はい」

「三千代どのについても、そのうちに、中村様へお知らせいたすつもりです」

「まあ……」

「夫婦《めおと》になってくれますな?」

「はあ……」

「三千代どの。はっきりとおこたえ下さい」

わかりきっていることを、くどく問いかけるのも、平十郎はよろこびを隠しきれぬからなのであろう。

「いかが?」

「はい」

「はい、とは?」

「うれしゅうございます」

「では、夫婦になって下さるか」

振り向いた平十郎が、背中をながしている三千代へ振り向き、裸体の双腕をのばし、抱きしめてきた。

「よし。これで、よし」

「はい」

これで、岡部家へ召し抱えられるとなれば、

「国許へまいらねばならぬ」

と、中村権右衛門が平十郎に念を入れたそうな。

大名の家来には、中村のように〔定府《じょうふ》〕といって、代々、江戸藩邸で奉公をする者もいれば、生涯、国許からうごかぬ者もいる。

岡部美濃守の居城は、泉州《せんしゅう》（大阪府）岸和田にあり、そこが国許ということになる。

だから加藤平十郎は、岡部家の家来となったあかつきに、泉州・岸和田へおもむき、奉公をするわけだ。

三千代が平十郎と夫婦になれば、当然、共に岸和田へ移らねばならない。

そのことを平十郎から聞いて、三千代は、よろこびの色を隠しきれなかったのである。

泉州・岸和田へ行ってしまえば、三千代の顔を見知っているものはだれもいない。

そこで、加藤平十郎と共に新しい暮しをいとなむとなれば、これまでの、すべての過去を断ち切ることができるのではあるまいか……。

平十郎は、亡父の代から何かと指導を受けている金子孫十郎へたのみ、三千代を、その養女としてもらい、あらためて妻に迎えようと考えている。

これならば、岡部家にも、三千代の過去が洩れることはあるまい。

中村権右衛門には、まだ、三千代のことを打ちあけていない。

だが、金子孫十郎には、すべてを打ちあけるつもりであった。

「大丈夫でございましょうか？」

夕餉の膳に向い合ったとき、三千代は、不安そうに尋《き》いた。

「金子先生ならば大丈夫。三千代どのをごらんなされば、あなたの人柄をすぐに看て取られ、いろいろと面倒をみて下さるにちがいない」

「それならば、ようございますけれど……」

「まかせておいて下さい。すこしも心配はいらぬ」

「では、あの、中村様のほうへは、この後も、私のことを内密にいたしておくのでございますか？」

「さよう……」

何といっても、三千代は井伊家へ無断で彦根を出奔している。

そのような女を妻に迎えるというのであれば、中村権右衛門も危惧《きぐ》を抱くにちがいない。

いまは、折角に仕官が決まろうとする大事なときだ。

(中村様へ申しあげるのは、折をみてからでよい)

と、平十郎は考えている。

金子孫十郎は七十に近い老齢で、江戸府内でも屈指の大道場の主であり、まことにものわかりのよい人物だ。

三千代の境遇を、よく理解してくれるにちがいない。

そして、三千代のような女が、

(自分の妻になることを、金子先生は、きっと、よろこんで下されよう)

平十郎は、そうおもっている。

夕餉がすみ、その後始末をすませてから、三千代は平十郎の前へ坐り、

「加藤様に、おねがいがございます」

声をあらためて言い出た。

平十郎が、おどろいたように、

「何でありましょう?」

これも、かたちをあらためた。

「実は……」

「何なりと申されるがよい。もはや、われらの間に遠慮は無用です」

「はい」

三千代は、おもいきって言い出た。

「近藤虎次郎のことを、お忘れ下さいますよう」

「何といわれる……」

「もはや、近藤を討つことは……」

「いや、それは……」

「これよりは、あなたさまと共に、新たな道を歩むことになりまする。なれば、もう、血なまぐさいことは嫌でございます」

「ふうむ……」

加藤平十郎は、まじまじと、三千代に見入った。

よほど、

「私には近藤が討てぬとおもわれるのか？」

と、いいたかったが、平十郎は堪《こら》えた。

三千代は、平十郎には討てぬとおもったのではない。

だが、間ちがいなく平十郎が勝つとも考えられぬ。

双方ともに手練のもちぬしなのだから、勝敗は、

（まったく、わからぬ……）

のであって、その危険を、平十郎様に冒していただきたくない）

（もはや、平十郎様に冒していただきたくない）

のである。

また、平十郎が近藤を討ち果したにせよ、せっかく、平十郎によって得た女の幸福を、近藤の血汐《ちしお》で飾りたくはなかった。

いつまでも、平十郎が自分を凝視《ぎょうし》しているものだから、三千代は面《おもて》を伏せ、

「勝手なことばかり、申しあげまして……」

「いや、なに……」

「申しわけもございませぬ」

するとと平十郎が、

「よくわかりました」

明快《めいかい》に、うなずいてくれたではないか。

「では、あの……？」

「三千代どのの申されるとおりにいたそう。これでよろしいか」

感動のあまり、三千代は泣きくずれてしまった。

「泣かれるな、三千代どの」

擦り寄って来た平十郎が、三千代の肩へ手をかけ、抱き起した。

「す、すみませぬ」

「何の……」

たまらなく三千代が愛《いと》おしくなり、平十郎は三千代の顎《あご》へ手をかけて顔を仰向けにさせ、顔を濡らしている泪を唇《くち》で吸った。

しかし、加藤平十郎は、近藤虎次郎をあきらめたわけではない。

平十郎は、

（何としても近藤を討つ!!）

つもりであった。

近藤を討たねば、三千代の亡夫・三浦芳之助へ義理が立たぬという当初からの決意には、いささかの変りもない。

しかし、三千代が自分の身を案じていてくれることは、素直に受け入れた。

（三千代どのを心配させることはない）

近藤を討つ決意は、

（おれの胸ひとつに、たたみこんでおけばよい）

このことであった。

近藤虎次郎を討ち果した後に、

（三千代どのへ、告げればよい……）

のだし、そのときの様子では、もっと後になってから告げてもよい。
二、三年もすぎて、泉州・岸和田の城下で、岡部家の家来としての暮しが身についたころ、
「実は、あのとき、近藤を討った」

と、三千代に告げるのもよい。

そのころの三千代も、すっかり落ちついているにちがいない。

（そのころは、おれの子が生まれていような……）

加藤平十郎は、三千代を抱きしめながら、うっとりとした眼の色になっている。

けれども、近藤虎次郎を討つことが、いかに至難であるかを、平十郎は忘れたわけではない。

だから、むしろ、三千代の願いを受け入れておいて、密かに近藤を討ったほうがよい。

これならば、どのような手段をもって近藤を討っても、三千代にはわからぬ。

正面から立ち向ったのでは、

（仕損じるおそれがある……）

それればかりか、自分が返り討ちになりかねない。

（何としても失敗《しくじり》はゆるされぬ。三千代どのとの新しい暮しが、おれを待っている）

奇襲ならば、平十郎にも自信がある。

もっとも、近藤を奇襲することについて、加藤平十郎は、それほど後ろめたい気持ちではなかった。

なぜならば、近藤は、

「敵持ちの身」

だからであった。

時と場所をえらばず、三千代なり、三千代の助勢の人びとなりが、近藤へ襲いかかるか知れたものではない。

こうしたとき武士たるものは、いつ、何処で斬りつけられても、これに応じる心構えでいなくてはならぬ。まして、近藤は剣士なのだ。

闘いは、すでに、はじまっているともいえよう。

先日、自分を追って来た近藤に、顔こそ見せなかったが、

(近藤も、おれを怪しんでいることはたしかだ)

となれば、双方ともに油断はゆるされぬ。

油断をしたほうが負けになる。

近藤を奇襲することが、

(卑怯ではない)

と、いまの平十郎は信じている。

だが……。

今度は、長い日数《ひかず》をかけて、近藤襲撃の機会をねらっているわけにはまいらぬ。

中村権右衛門は、

「およそ、五日ほど後に、渋谷の下屋敷において試合をおこなうことになろう」

と、加藤平十郎にいった。

これは、岡部美濃守への目見得《めみえ》の意味がふくまれている。

試合の後、平十郎は、岡部美濃守から言葉をたまわり、正式に岡部家の家来となる。

そうなれば、この道場にも別れを告げなくてはならぬ。

「仕官のことが決まれば、すぐさま、岸和田の御城下へ移ることになろうから、そのつもりで仕度をととのえておくように」

と、中村権右衛門からも、念を押されていた。

(何としても、三日ほどのうちに、近藤虎次郎を討ってしまわねばならぬ)

岡部家の仕官を目前にしてのことだから、尚更に、

(人知れず、近藤を討つほうがよい……)

のである。

「三千代どの。ゆえに、いよいよ奇襲の名目が立つことになった。明日からは岸和田へおもむく仕度を、ととのえておかれるがよい」

「はい」

「何かと、買いととのえねばなるまい。よろしゅうたのみます」

こういって、平十郎は、あるかぎりの金を出し、三千代へあずけた。

「加藤様。あの、茂兵衛さんに、このことを、お知らせいたさなくては……」

「さよう。近いうちに、私が新宿《にいじゅく》へ行ってみましょう」

「それであの……？」

「申すまでもない。茂兵衛さえよければ、岸和田へも連れてまいるつもりです」

「まあ、それはうれしゅうございます」

茂兵衛も共に、ということならば、どんなに心強いことであろう。

（いよいよ、江戸を離れるとなれば、駒井宗理様や、丹波屋の主人《あるじ》どの、おとよさんにも別れを告げ、これまでの御恩に対して、お詫びもし、御礼も申さねばならぬところなれど……）

それは、いまの三千代の身にとって不可能のことだ。

おそらく、自分が失踪した後、駒井宗理は、井伊家の川村弥兵衛に、そのことを告げているにちがいない。

（あの方たちへは、申しわけのないことばかりしてしもうて……）

何よりも、それが、心苦しいことであった。

翌朝。

加藤平十郎は、道場へ出て、二、三の門人のみへ、

「実は……」

と、岡部家へ仕官の事を洩らし、自分が去った後の始末について簡単な相談をしたらしい。

母屋へもどって来た平十郎が、

「三千代どの。どうやら、後のこともうまく始末がつきそうです」

「それは、ようございました」

「道場をゆずりわたしてよい者もいないではない。明後日には門人一同にあつまってもらい、みなの意見を聞くことになった」

それから平十郎は、三千代に手つだわせて外出の仕度にかかった。

昨夜のうちに、

「明日は、茂兵衛の様子を見てまいる」

と、平十郎は三千代に告げていたのである。

「おはよう、お帰りなされまして」

「わかっています」

加藤平十郎が、家を出て行くとき、三千代へ見せた笑顔は明るいものであった。

平十郎の胸の内で、すっきりと割り切れた奇襲への決意が、そうした笑顔となってあ

らわれたのやも知れぬ。

　たしかに今日は、新宿の茶店で、妹の看病をしている老僕・茂兵衛をたずねるつもりだが、

（その帰りには、小梅の道場の様子を……）

　密かに、おもっている。

　今夜、近藤を討つときめているわけではないが、

（討たぬともいえぬ……）

　このことだ。

　新宿から小梅へ向う途々に、闘志がみちみちてくれば、

（乗り込んで、近藤を斬る……）

　つもりである。

　今朝早く、まだ、門人があらわれぬ道場へ行き、加藤平十郎は刀の手入れをしておいた。

「では、行ってまいる」

「お気をつけられまして」

　平十郎は袴をつけ、草鞋をはき、例の塗笠をかぶり、家を出て行った。

　茂兵衛が姿を見せたのは、それから一刻（二時間）ほど後であった。

「長らく留守にいたしまして、すみませんでございましたね」

と、台所へ顔を見せた茂兵衛に、

「あれ、茂兵衛さん……」

「旦那に、お変りはございませんかえ？」

「今朝、新宿へお出かけになったのでございますよ」

「あれ、そうかね」

「それで茂兵衛さん。御病人は、どうなされました？」

「へえ、おかげさまで。どうやら持ち直しましてね」

「まあ、それは、ようございました」

おもわず三千代は、よろこびの声をあげた。

それなら茂兵衛も共に岸和田へ行けるとおもったからだ。

見れば、茂兵衛は出ていくとき手にした小荷物を、小脇に抱えている。

これはつまり、病人から手をはなせるようになったので、此処へもどって来たことになる。

「さあ、それじゃあ、これから引き返して旦那を……」

立ちかける茂兵衛へ、

「いえ、それではあの、行きちがいになりますよ」

「それも、そうでございますね」

「こちらへもどることを、新宿の方々は御存知なのでしょう？」

「それはもう、ちゃんといい置いてまいりましたよ」

「それならば大丈夫でございます。すぐに引き返してまいられましょう」

「そうだねえ。へえ、それじゃあ、まあ、そういたしますかね。それにしても、うちの旦那は、ほんとうに、こころが暖《あつたけ》えお方だ」

「茂兵衛さん。あなたが留守をしているうちに、おめでたいことがあったのでございますよ」

「へえ——あ、わかった。そうかね、そうかね。へえ、そりゃあ、まあ、おめでとうございます」

「茂兵衛さんは、御存知なのですか？」

「そうなるのではねえかとおもっていました。うちの旦那と三千代さまが御夫婦になるのでございましょう？」

「まあ……」

三千代は真赤になってしまった。

「やっぱり、そうなので……」

「いいえ、あの、それもございますけれど……」

「こりゃ、ほんとうに、お似合いの御夫婦だ。こんな、めでたいことはございません」

「それよりも茂兵衛さん。実は……」

と、三千代が、加藤平十郎の仕官について語るや、よろこぶとおもいのほか、茂兵衛はがっかりしたように目を伏せてしまった。

茂兵衛は、

(とても、岸和田までは連れて行ってもらえまい)

と、考えたらしい。

それで、落胆をしたわけだが、

「茂兵衛さんも、いっしょに行って下さるでしょうね」

三千代が、そういったので、

「ついていってもようございますか?」

「それはもう、旦那様も……」

いいさして、三千代がはっと顔を赤らめた。

これまでは「加藤様」と、平十郎をよんでいた三千代なのだが、このときはじめて「旦那様」と、しぜんにいい出たのである。

だが、茂兵衛は同行をゆるされたよろこびのほうが強く、そうした三千代のはじらいに気がつくこともなく、

「ほんとうでございますね？」

「ほんとうも何も、茂兵衛さんが来てくれなくては、私が心細い」

「とんでもないことで、お前さまがいなされば、こんな老いぼれなぞ、もう用がないのも同様だとおもいましてねえ」

「茂兵衛さん。岸和田へ移るとなれば、いろいろと仕度もありましょう。明日からは買物にも出ねばなりませぬし、相談に乗ってもらわねばなりません」

「ようございますとも」

「何しろ、五日か六日のうちには江戸を発つつもりでいるようにとのことですから……」

「そりゃあ、また、いそがしいことで」

今日は、道場から稽古の物音や気合声がきこえてこなかった。

つぎつぎにあらわれる門人たちが、加藤平十郎が去った後の道場の運営について、相談をし合っているらしい。

ひるすぎになって、三千代がおもいつき、茂兵衛にたのんで、道場へ茶菓を運ばせた。

「何やら、御門人衆が、みんな、こわい顔をしていなさいました」

と、茂兵衛が告げた。

「さようですか。何しろ、急なことですから……」

「はい、はい。旦那が遠国《おんごく》へ行ってしまわれるとなれば、御門人衆も、さぞお困りのことでございましょうよ」

そう語り合いながらも、三千代と茂兵衛は浮き浮きと、移住の仕度について打ち合わせをはじめた。

こうして、この日も暮れた。

門人たちは、いずれも引きあげてしまった。

まだ、加藤平十郎は帰って来ない。

「もう、そろそろ、おもどりになってもよいころでございますがね」

「でも、新宿は遠いのでございましょう？」

「へえ、まあ。けれど旦那の足ならば、わけもないことで」

三千代は、それでもまだ、夕餉の膳に向わなかった。

茂兵衛は、まったく不安をおぼえていなかったので、

(三千代さまは、旦那のお帰りを待って、いっしょになさるおつもりなのだろう)

と、おもい、

「さ、茂兵衛さんは、お腹《なか》が空いていましょうから、どうか、先にあがって下さい」

三千代がすすめるままに、夕餉をすませたのである。

茂兵衛は、台所に接した三畳の間の戸棚を開け、中の品物の整理をしはじめた。

三千代は依然、膳に向わぬまま、加藤平十郎の肌着を縫いはじめた。

時折、針を持つ三千代の手がとまる。

そして、三千代は凝と、空間のあらぬ一点を見つめる。

不安なのだ。

得体の知れぬ不安が、すこしずつ、三千代の胸を重くしはじめてきた。

「茂兵衛さん……もし、あの……」

「およびでございますかえ？」

となりの部屋から、茂兵衛の返事が聞こえた。

「遅うございますねえ」

「え……何と、おっしゃいました？」

「旦那様が、あの……」

「大丈夫でございますよ。途中で何かの用事をおもいつきなすって、他へ、おまわりになったのでございましょう」

そのとき、三千代がはっと顔をあげた。

一瞬、その顔に血がのぼったかとおもうと、見る見るうちに、今度は蒼ざめた。

（もしやして、小梅とやらの道場にいる近藤虎次郎の許へ、おもむかれたのではあるまいか？）

いままでの重苦しい予感は、このことであったのか……。

(なれど、昨夜は、私の申すことを、あれほど、こころよく聞き入れて下されたではないか。まさかに、近藤と立ち合いなさるおつもりではあるまい)

自分の、おもいすごしだと考え直し、またも針をうごかしはじめたが、
気もそぞろであったかして、左の親指へ、縫い針をぷつりと突き入れてしまったのだ。

「痛《つ》、つつ……」

「どうなさいました?」

顔を出した茂兵衛が、三千代の徒《ただ》ならぬ顔色《がんしょく》に気づいて、息をのんだ。

「いえ、何でもありませぬ」

親指を口へ入れた三千代に、

「どこか、おかげんでも悪いので?」

と、茂兵衛は気づかわしげに、三千代の傍へやって来た。

同じ時刻に……。

加藤平十郎は、本所の外れの小梅村へ姿をあらわしている。

この日の平十郎が、新宿の茶店へおもむいたことに間ちがいはない。

そして、行きちがいに茂兵衛が加藤道場へもどったことも聞いた。

「せっかく、おいで下されましたのに、申しわけもございませぬ」

病気が重かったという茂兵衛の妹も、その夫《つれあい》の茶店の亭主も、しきりに恐縮をして、酒の仕度などをととのえ、平十郎をもてなそうとした。

ほんらいならば、茂兵衛が道場へもどったと聞けば、この茶店に用もない平十郎だし、

「いや、かもうて下さるな」

すぐさま、引き返したにちがいない。

ところが、

「さようか。では……」

平十郎は酒のもてなしを、こころよく受けた。

それがまた、茂兵衛の身寄りの人びとをよろこばせたのである。

こうして、平十郎は故意《こい》に時間《とき》をつぶそうとした。

もしも、この茶店で引きとめなかったら、別の場所で、日が落ちるのを待ったろう。

もっとも、平十郎が茶店を出て、中川の渡しをこえ、千住へ入ったとき、まだ夕闇は淡かった。

酒の酔いが、ほとんど、さめてきている。

千住の町の笠屋で、平十郎は提灯を買った。

そして、浅草へ出て、両国橋をわたり、本所へ入ったとき、夜になっていた。

平十郎は、そのあたりの店で、ゆっくりと腹ごしらえをし、夜が更けるのを待ったの

であろう。

夜が更けて、加藤平十郎が竪川通りから五ツ目道へ曲ったとき、木村道場の母屋では、近藤虎次郎が臥床の仕度にかかっていた。

藁屋根の百姓家を改造した木村道場の裏手に、母屋があった。

母屋といっても、加藤平十郎の家と同様、二間きりの小さな住居なのである。

平十郎の住居は道場から十メートルほどもはなれているが、いま、旅に出ている木村又右衛門の住居は、道場の裏手と接続している。

この住居は、又右衛門が新たに建て増したものであった。

住居の裏手には井戸がある。井戸の向うは垣根で、細い道が通っていた。

加藤平十郎は、迂回しながら、この細い道へあらわれ、提灯の火を吹き消した。

母屋の戸の隙間《すきま》から灯《あかり》が洩《も》れている。

(近藤は、まだ、起きている……)

平十郎は、あたりの気配《けはい》に耳を澄ませた。

そのころ……。

加藤平十郎の住居では、三千代が居ても立ってもいられぬ焦燥《しょうそう》に駆《か》られてきていた。

茂兵衛は、すこし前に、

「あとは明日のことにいたしましょう」

と、いい、道場へ寝に行ってしまった。

茂兵衛は平十郎の身を案じていない。

これまでにも何度か、夜更けに帰って来たことがある主人であった。

また、赤坂の山王にある岡部美濃守・上屋敷内の、中村権右衛門の長屋へ泊ることもあった。

それを、あらかじめ茂兵衛に告げておくことは、ほとんどないといってよい。

それゆえ茂兵衛は、安心をしきっている。

道場へ入った茂兵衛は、自分の臥床と共に平十郎のそれを敷きのべようとしたが、

(いや、もう、三千代さまといっしょに寝ていなさるにちがいない)

微笑を浮かべ、自分のだけを敷きのべた。

(すっかり、春になってしまった……)

桜の蕾《つぼみ》も、ふくらみはじめてきている。

(そうだ。旦那の御供をして泉州へ行くとなれば、いま一度、新宿へ行って、妹の顔を見ておかなくては……いったんは持ち直したが可哀相に、妹の命は、もう長くはあるまい)

臥床へ身を横たえた茂兵衛が、

(妹とも、これが別れになるだろうな……)

じわりと、目の中が熱くなってきたとき、道場の裏手の戸が音をたてた。

(おや……旦那が帰って来なすったのか……)

だれかが、戸を叩いている。

(旦那ではないらしい)

加藤平十郎なら大声で、

「茂兵衛。開けてくれ」

と、よばわるはずだ。

起きあがった茂兵衛が、裏手へ出て行き、

「旦那でございますか?」

「いえ、あの……」

「三千代さま……」

「あの、開けて……開けて下さいませぬか」

「どうなさいました?」

戸を開けると、三千代が立っていた。

月もなく、なまあたたかく曇った夜更けであった。

「茂兵衛さんに、申しあげたいことが……」

「へ……」

「入っても、ようございますか」

「さ、お入り……」

いいかけた茂兵衛が、

「いえ、お住居のほうへ、私がまいりましょう」

「そうして下さいますか」

三千代の声を、茂兵衛は徒《ただ》ならぬものと聞いた。

母屋へやって来た茂兵衛へ、三千代は、自分がどのような過去をもつ女か、それを、

「旦那様から聞きましたか？」

と、尋ねた。

「いいや、別に……お前さまが、入谷田圃で悪い奴どもに取り囲まれたところを、うちの旦那がお助けなすったとか。それは聞いておりますよ」

「そのほかには？」

「私からも別に、お前さまのことを尋ねませんのでね。旦那は、よけいな口をきかぬお人だから……」

「はい。それは、ようわかっています」

「いったい、何が起ったのでございます？」

「実は……」

三千代は手みじかに、自分の過去を語った上で、

「旦那様には、もはや、近藤虎次郎などをおかまい下されぬよう、昨夜も、よくよくお願いを申し、旦那様も、こころよく、お聞き入れ下さったのですが……」

「ふうむ……」

さすがに、茂兵衛の顔色も変ってきて、

「そ、そんなことが、あったのでございますか……」

「はい。近藤は、この近くの阿部川町の西光寺から、何でも本所の外れの小梅とかにある剣術の道場へ移り住んだとか……それを旦那様がつきとめられて……」

「なるほど」

茂兵衛が、腰を浮かせて、

「旦那は義理がたいお人でございます。そりゃ、きっと、お前さまと夫婦《めおと》になるからには、その近藤とやらいう奴を討ち果すおつもりかも知れませぬ」

「やはり、茂兵衛さんも……」

「へい。ですが三千代さま、うちの旦那ほどの腕前をしているお方は、めったにおりませんよ。近藤という奴が、どれほど強いか知らないが、うちの旦那にはかないますまい」

「それは、私も……」

いいさして、三千代は口を噤《つぐ》んだ。

茂兵衛も、凝と天井を見あげている。

「茂兵衛さん……」

「はい？」

「そ、それにしても、あまりに、お帰りが遅うございます」

「む……」

茂兵衛も、不安になってきたらしい。

「よし」

茂兵衛は自分で自分に、いい聞かせるかのようにうなずいて、

「私が……これから小梅へ行ってまいりましょう」

「では、私も……」

「いや、お前さまは此処へ残っていて下さいまし。日中のことではありませぬ。こんな夜更けには、わし一人で行くのが、いちばんいい」

茂兵衛がいうとおり、この深夜に、女が本所の外れまで出向くことは、まさに非常識なことだといえよう。

現代とはちがって、電車もなければ自動車もなく、街燈も灯《とも》っていない。

また、三千代が同行するとなれば、茂兵衛が、よけいな神経をつかわねばならぬことは、いうをまたない。

「それでは茂兵衛さん。お願いを……」

「まかせておいて下さいまし」

加藤平十郎が近藤虎次郎と決闘をするために、小梅に向ったと断定はできぬ。

(旦那は昨夜、三千代さまのいいなさることを、こころよく聞き入れたというのだから、心配することもあるまい)

提灯を手に家を出た茂兵衛は、しだいに気が落ちついてきた。

ちょうど、そのころであったろう。

小梅の、木村道場の母屋では……。

臥床へ入りかけた近藤虎次郎が、

(や……来たな)

裏の台所の外で、猫の鳴き声がしたのに気づいて、微笑を浮かべた。猫は、野良猫であった。

三毛《みけ》の可愛らしい顔だちで、十日ほど前の夕暮れに裏手へあらわれたとき、近藤が飯《めし》に魚の干物《ひもの》を出してやったものだから、すっかり味をしめて、日に一度はあらわれるようになった。

(飼い猫にしてやろうか……)

そうおもって、家の中へ引き入れてやろうとすると、決して入らぬ。

これはやはり、野良猫の習性なのであろうか。

飯も、外へ出してやらぬと食べようとはしないのだ。

近藤は台所へ出て、皿に飯を入れ、夕餉に食べ残しておいた魚の干物を細く引き裂いたのを上にのせた。

野良猫が鳴きながら、催促をするように躰を雨戸に打ち当てはじめた。

「よし、よし。いま、やるぞ」

近藤が声をかけ、雨戸を引き開けた。

すぐ其処に、野良猫が蹲《うずくま》っている。

「さ、食べるがよい」

皿を置いてやると、すぐさま、野良猫が食べはじめた。

夜気が、生暖《なまあたた》かい。

このとき、水桶に水がなかったことを、近藤はおもい出した。

今夜も、かなり酒をのんでいたので、夜半になって喉の乾きに目ざめることになりそうだ。

近藤虎次郎は台所へもどり、水桶を手にして外へ出た。

これを、垣根の外の、小道の向うの木立から、加藤平十郎は見まもっている。

(いまだ‼)

平十郎は、直感した。

水を汲みに井戸端へ出て来た近藤虎次郎は、無腰であった。

身に短刀一つ帯びてはいなかった。

闇に慣れた目で、それを見きわめたとき、加藤平十郎は、

（よし。いまこそ!!）

勃然《ぼつぜん》となった。

（斬れる!!）

と、おもった。

いや、

（斬った!!）

と、感じた。

木立から小道へ飛び出し、一気に垣根を躍り越えれば、いま、井戸の釣瓶《つるべ》へ手をかけた近藤の左の側面から斬りつけることができる。

平十郎は、大きく息を吸いこむと同時に大刀を引きぬきざま、木立から走り出た。

その一瞬前といってよかった。

近藤は気づかなかったけれども、皿へ屈み込んでいた野良猫が、突然、一声鳴くや、矢のように走り逃げたのである。

「どうした？」

猫へ声をかけて振り向いた近藤虎次郎は、闇の幕を切り破ってあらわれた黒い影が白刃を振りかざし、垣根を飛びこえて自分へ襲いかかろうとしているのを見た。

近藤は釣瓶から手を放し、身を投げるようにして逃げた。

打ちこんだ加藤平十郎の一刀は、むなしく空《くう》を切った。

（しまった……）

と、おもったかどうか……。

そこは平十郎も一廉《ひとかど》の剣客だけに、初太刀を躱《かわ》されたからといって、前へのめるようなことはない。

「ぬ!!」

よろめいて、片膝をつき立ち直ろうとする近藤の頸部《けいぶ》をねらって二の太刀を振り込んだ。

くびを竦《すく》めて鋭《するど》い刃風を頭上にながした近藤は、両手を地についた反動を利用して、いきなり、平十郎の腰へ抱きついたものである。

平十郎は右の膝頭で近藤の顔を撃ち、腰を振って近藤の両手をはなし、ぱっと飛び下った。

これで、近藤は、平十郎が三の太刀を打ち込む前に立ちあがることを得た。

しかし、まだ、近藤は素手のままであった。

加藤平十郎は、息もつかせずに猛然と斬り込んだ。

近藤は、斜め横へ、またしても身を投げるようにして、これを躱した。

裏の戸口が近藤の躰を吸い込んだ。

「おのれ‼」

平十郎は大刀を脇構えにして、一枚だけ開いた戸口を睨んだ。

台所の土間へ逃げた近藤虎次郎は、さすがに、戸を閉める余裕がなかった。

一方、加藤平十郎も、迂闊《うかつ》に台所へ飛び込めぬ。

戸口に刀を構えた平十郎の眼には、近藤の姿が見えなかった。

台所の土間の向うの部屋には、まだ、行燈《あんどん》が灯《とも》ってい、その微《かす》かな灯影《ほかげ》が台所にもただよっているが、近藤は中へ逃げ込むと同時に、何かの物蔭へ隠れたのであろうか。

呼吸をととのえつつ、平十郎は台所の中の気配を探った。

息づまるような沈黙の後に、近藤の声が、台所の何処かで聞こえた。

「おのれは、何者だ?」

平十郎はこたえぬ。

「おのれとは、先日、言葉をかわしたな」

「………」

「私の稽舌ぶりを見ていた男であろう」

依然として、こたえぬ平十郎は、大刀を下段に移した。

「名乗れ」

「………」

「何故、私を斬るのだ?」

「………」

近藤の声が、しだいに落ちついてきている。

近藤も、呼吸をととのえつつあるにちがいない。

「おのれは、三千代どのに関わり合いがある者か?」

この言葉を、近藤がいい終えぬうちに、加藤平十郎は台所の土間へ躍り込んだ。

近藤虎次郎の声が、戸口の傍ではないことがわかったからである。

飛び込んで、平十郎は身を沈めた。

「よせ」

竈《かまど》の向うで、近藤の声が、

「もはや、おぬしには私が斬れぬ」

「何……」

「初太刀を仕損じたからは、もう斬れぬ」

「むう……」

「猫がな、野良猫が私を助けてくれたのだ」

「な、何……」

「むだじゃ。帰れ。帰るがよい。いや、今夜は帰ってもらいたい」

「だまれ」

「いや、よせ。私を斬れぬと申している。さほどに斬りたくば、出直してまいれ。尚も私の油断を見出してから斬りかかって来い」

加藤平十郎は、この近藤の揶揄《やゆ》に憤然《ふんぜん》となった。

「卑怯者。出て来い」

平十郎が叫んだのへ、近藤が、

「おのれの卑怯を忘れたのか」

と、嘲笑した。


老僕の茂兵衛が小梅の木村道場の近くへあらわれたとき、あたりは、まだ暗かった。

しかし、加藤平十郎が近藤虎次郎を襲撃してから、数時間が経過していた。

小梅村は、本所の地へ一カ所にかたまっているのではない。
三、四カ所に分散しているし、村の代地《だいち》もある。

三千代は、加藤平十郎から、木村道場の所在を、くわしく耳にしていなかった。

「小梅のあたりの道場にいるらしいのです」

とのみ、聞いた。

その後、平十郎が様子を探りに出て行ったであろうことは察していたりれども、平十郎は何もいわぬし、三千代も、こちらから問いかけることは、平十郎に重い負担をかけるような気がして、ついつい、くわしいことを聞かぬまま、今日に至ったのである。

そこで茂兵衛は、本所へ入って先ず、押上《おしあげ》に近い小梅村の方を探してみたが、一向にそれらしき道場がない。

何分、夜半をすぎていたし、月もない闇の中を、提灯一つをたのみに探しまわるのだから、おもいのほかに時間がかかったのも当然であろう。

そして、ようやくに探しあてた。

まだ、朝の光りはさしていないが、暁の闇が少しずつ、少しずつ明るみを増してきている。

(ここらしい……)

道場の前まで来た茂兵衛は、開け放したままの門の中へ踏み込んで行った。

百姓家を改造した道場だが、同じような加藤平十郎の道場で寝起きをしている茂兵衛だけに、

(やっぱり、ここだ。ここにちがいない)

前庭から、足音を忍ばせて裏手へまわった。

(おや、裏にも家《うち》がある……)

しかし、道場も母屋も、しずまり返ったままだ。

茂兵衛は、

(こりゃあ、やっぱり、うちの旦那は、こっちへまわって来なさらなかったようだ)

と、おもいはじめた。

戸締りをしてある木村道場の内からは、物音ひとつせぬ。

近辺も……といっても、この道場の近くに人家は少いが、人ひとり外へ出てはいないし、何処も彼処《かしこ》も寝しずまっている。

何か異変が起ったとは、どうしてもおもえなかった。

(旦那は、疾《とっ》くに帰っていなさるかも知れない。そうだ。きっと、そうだ)

もし、加藤平十郎が此処へ立ち寄っていないのなら、

(いつまでも、こんなことをしていたら、夜も明けて、人に怪しまれる……)

ことになる。

茂兵衛は、帰ることにきめた。

そのとき、茂兵衛は裏手の井戸端のあたりへまわって来ていた。

すぐ目の前の、低い垣根を越えて外の小道へ出ようとした茂兵衛が、何気もなく、ひょいと母屋の裏口へ目をやって、

（おや……？）

おもわず、足をとめた。

かなり、明るみを増してきた暁闇《ぎょうあん》は、裏口の戸が一枚、開いているのを茂兵衛の目に知らせてくれた。

はっと、いったんは屈み込んだが、

（こりゃ、おかしいぞ）

茂兵衛は、這うようにして裏口へ近づいて行った。

（台所らしい……）

だが、依然として、人の気配もなく、音も聞こえぬ。

恐る恐る、戸口へ顔を突き出してみると、台所には、なまぐさい血のにおいがこもっていた。

（あ……）

おどろいたが、こうなると茂兵衛は、なかなか気丈なところのある老爺であった。

茂兵衛は、台所へ這い込んだ。

屋内も、かなり見えるようになってきている。

台所の向うに小部屋が見える。その奥にも部屋があるらしい。

「もし……もし……」

おもいきって、茂兵衛は呼びかけてみた。

だれも、こたえぬ。

「あの、どなたか、おいでではございませんか？」

いいながら立ちあがった茂兵衛は、小部屋と台所の境の框《かまち》の下へ倒れている男を見出した。

それは、まぎれもなく加藤平十郎ではないか。

「あっ……」

叫んだ茂兵衛が無我夢中となり、

「旦那。し、しっかりして下せえまし」

抱き起し、揺さぶった。

すでに、平十郎は息絶えている。

「ち、畜生……」

茂兵衛は呻《うめ》いた。

居間には、だれもいない。

平十郎の死体一つが残されているのみなのだ。

加藤平十郎は、右手《めて》に大刀の柄を握りしめている。

そして、胸の下から、おびただしい血汐が流出していた。

その死体の傍に小刀《しょうとう》の抜身が投げ出されてあった。

茂兵衛が小刀を拾いあげて見ると、まぎれもなく、加藤平十郎がいつも差し添えにしていたものだ。

小刀の刀身に血がついている。

すると相手は、平十郎の腰から、この小刀を奪って闘い、平十郎の胸下へ突き刺したものか……。

と、そこまで茂兵衛が咄嗟に看て取ったわけではないけれども、直感としてわかった。

（と、とんだことに、なってしまった……）

むだとは知りながら、茂兵衛は、またも平十郎を抱き起し、

「旦那……旦那……」

呼びかけてみた。

むろん、こたえはない。

（どうしたらよいものか……？）

茂兵衛は、おもい迷った。

（困った。こ、これは、困ったことに……）

屋内に人の気配がないのは、もはや、はっきりとしている。

台所から、茂兵衛は部屋の中へ入ってみた。

二つの部屋の中は、別に乱れていない。

寝床が一つ、とってある。

斬り合いは、台所の中でのみおこなわれたらしい。

(さて、どうしたら……?)

ほんらいならば、近くの人びとを起し、この異変を、すぐにもお上へ届け出ねばならぬ。

殺害された加藤平十郎は、茂兵衛の主人なのである。

そうすることは当然だし、これを茂兵衛が厭《いと》ったわけではない。

しかし、茂兵衛が死体の発見者として、これを届け出れば、何故、自分が夜半から明け方にかけて本所の小梅へ来たかを申し立てねばならない。

主人が木村道場にいるであろうことを知っていたからこそ、茂兵衛も道場へあらわれ、そこで主人の死体を発見したことになる。

そうなると茂兵衛は、加藤平十郎と近藤虎次郎の関係まで語らねばならない。

お上の調べが、

(なまやさしいものではない……)

ことを、茂兵衛は、よくわきまえていた。

（そうなれば、旦那と三千代さまのことまで、申し立てなくてはならぬことになる……）

このことであった。

そうなると、事は面倒になる。

三千代の身の上を、昨夜、茂兵衛は聞いているだけに、お上の調べが三千代の身へおよぶことを覚悟した上でないと、

（迂闊《うかつ》なまねはできない）

と、おもった。

朝の光りが雨戸の隙間から白く見えはじめた。

（旦那を殺《あや》めた奴が、その近藤虎次郎だとすると……そいつは、逃げてしまったのだろうか？）

そうとしかおもえぬ。

「旦那……」

茂兵衛は、加藤平十郎の死体の傍へもどって来て、

「ど、どうしたらいいのでございますかよ？」

ささやきかけた。

ささやいたところで、平十郎がこたえてくれるわけでもない。
ないが、しかし、そうせずにはいられなかったのだ。
だが、死体へ、おもいあまった声をかけたとき、
（そうだ）
茂兵衛の決心がついた。
平十郎は、もはや、この世の人ではない。
いかに手をつくそうとも、
（息を吹き返しては下さらぬ……）
のである。
こうなったからには、先ず、三千代のことを考えなくてはなるまい。
平十郎は三千代のために、近藤と斬り合って返り討ちにされた。
（旦那は、三千代さまの身に害がおよんではならぬと、おもっていなすったろうに）
なればこそ、単身で近藤虎次郎を討とうとした。
三千代は、これを知らなかったのだ。
「よし」
茂兵衛は、平十郎の死体へ合掌をした。
「旦那。かんべんしておくんなさいまし」

そして、台所から裏手へ出た。

雀が、さえずりはじめている。

外も、かなり明るんできていたが、まだ、人が通る様子はない。

茂兵衛は垣根をこえて、小道の向うの木立の中へ飛び込んだ。

そこは昨夜、加藤平十郎が身を潜めていたあたりではなかったろうか。

木立の中で茂兵衛は、木村道場の裏手を、しばらくの間、見まもっていた。

だれもあらわれぬ。

気づかれてはいない。

もう一度、茂兵衛は合掌をしてから、木立の中を走り出した。

木村道場の門人の中で、もっとも早くあらわれたのは、本所の石原町《いしわらちょう》に住む御家人《ごけにん》の二男で林郁次郎《はやしいくじろう》という若者であった。

林は、先ず、道場へ入り、戸を開け放してから母屋の裏手へ向った。

茂兵衛が去ってから一刻（二時間）ほど後のことで、晴れわたった春の朝空を、気もちよさそうに仰いだ林郁次郎が、

「近藤先生。お早うございます」

開いている戸口から台所へ入って行き、加藤平十郎の死体を見て、おどろきの声をあげた。

帰って来た茂兵衛から、すべてを聞いたときの三千代について、くわしく語るにもおよぶまい。

三千代は、衝撃の激しさに気を失ってしまった。

三浦芳之助が近藤虎次郎に討たれたときは、気を失っていない。

つまり、それだけ、加藤平十郎の死から受けた衝撃のほうが大きかったといえよう。

仕官が決まって泉州・岸和田へおもむくはずだった加藤平十郎の妻として、三千代は過去のすべてを打ち切り、

(生まれ変って……)

女の幸福をつかみかけていたのだ。

それが一瞬の間に、絶ち切られてしまった。

(ああ……私は、何というあさはかな女なのか……)

新宿へ茂兵衛を訪ねた平十郎の、その後の行動に、何故、おもいがおよばなかったのであろう。

悔んでも悔みきれぬ。

そして、近藤虎次郎への憎悪が、このときほど強烈に燃えあがったことも、かつてなかったといってよい。

茂兵衛の介抱で意識がもどったとき、三千代は脇差をつかみ、外へ走り出ようとした。近くの阿部川町にある西光寺へ駆けつけようとしたのだ。

小梅の道場から近藤が逃げたとすれば、

(西光寺へ潜んでいるのではないか？)

そうおもった。

茂兵衛がいなかったら、血相を変えて三千代は、西光寺へ走り向ったにちがいない。

「いけませぬ。む、無茶なまねをなすってはいけませぬ」

抱きとめる茂兵衛の腕の中で身を踠《もが》き、

「おはなしなされ。はなして……」

三千代は、まるで狂乱の態《てい》となった。

「様子を見に行くのなら、この茂兵衛がまいります。先ず、落ちついて下さいまし、三千代さま」

「はなして……はなして下され。私は……私は、近藤に斬られて死にたい。死にたいのです、死にたい……」

三千代の悲鳴に似た叫び声は道場の方へも聞こえたらしい。

この日も、門人たちの重立《おもだ》った者が数名あつまり、道場の今後について相談をしていた。

茂兵衛が帰って来る前に、母屋の方へ門人のひとりがやって来て、

「先生は、まだ、おもどりではありませぬか？」

と、三千代に尋ねていたほどだから、いま、三千代のただならぬ叫び声を聞いて、彼らが母屋へ駆けつけて来たのも当然であろう。

門人たちの足音を聞いて、茂兵衛は三千代を奥の間へ押し込み、

「さわいではいけませぬ。ようございますね」

叱《しか》りつけるようにいってから、襖を閉めた。

表口が閉まっているので、門人たちは裏手へまわって来た。

「茂兵衛。どうしたのだ？」

「何が起ったのだ」

「いいえ、何でもございません」

「だが、こちらにおられる女《ひと》の叫び声がしたではないか」

「それは、あの……いろいろと、わけがありまして……」

「先生が、もどられたのか？」

「いいえ、うちの先生とは関《かか》わり合いのないことでございますよ」

「ふうむ……」

門人たちは顔を見合わせたが、その中の一人が、

「これ、茂兵衛。いったい、先生は何処へお出かけになったのだ？」

「さあ、それがどうも……」

「どうした？」

「いえ、すぐに帰るとおっしゃって、出かけましたので……」

「そうか……」

「はい」

三千代は、奥の間で、放心状態《ほうしんじょうたい》になってい、もう、声をたてなかった。

「では、よいのか？」

念を入れる門人へ、

「はい。もう大丈夫でございます」

茂兵衛が落ちつきはらってこたえた。

門人たちは頸《くび》をかしげつつ、道場の方へ去った。

そのころ……。

小梅の木村道場では、大さわぎになっていた。

何処のだれともわからぬ剣客ふうの男が斬られて死んでおり、木村又右衛門の代りに稽古をつけてくれている近藤虎次郎の姿が消えてしまった。

木村道場の門人たちも、

「この男を斬ったのは、近藤先生らしい」

と、推測せざるを得ない。

「斬って、お逃げなされた……」

「そうとしかおもえぬ」

「どうしたらよいものか……」

「このままでは仕方がない。届け出るべきところへ届け出なくてはなるまい」

「うむ。ま、それはそうだが……」

「それにしても、妙だな」

「何が？」

「どうも、このような仕様は、近藤先生らしくないようにおもえる」

「いや、たしかに」

「おれも、そうおもっていたところなのだ」

「近藤先生は、着のみ着のままで逃げたらしい」

近藤虎次郎が、江戸城の外濠に面した鎌倉町の蕎麦屋・翁屋へ姿をあらわしたのは、ちょうど同じ頃おいであったろう。

顔なじみの翁屋の、二階の小座敷へあがった近藤は、筆紙を借りて、井伊家の上屋敷にいる川村弥兵衛へあてた短い手紙を書いた。

翁屋の若い者へ、この手紙をとどけるようにたのんだ近藤が、

「早い時刻にすまぬな」

「いえ、とんでもないことで」

「急がぬゆえ、酒をたのむ」

「かしこまりましてございます」

それから近藤は、沈思《ちんし》にふけった。

いかに考えたところで、こたえは出ない。

(相手を討たねば、私が討たれてしまった……)

のである。

逃げたとしても、追いつかれて討たれたろう。

相手は、なまやさしい男ではなかったのだ。

こちらから果敢《かかん》に立ち向って相手を殪《たお》すよりほかに、道はなかった。

(あの男は、やはり、三千代どのと関わり合いのある男なのか……?)

そうらしくもあるが、断定はできない。

いずれにせよ、名乗りもせぬ相手の卑怯な襲撃を受けて、むざむざと討たれるわけにはまいらぬ。

「討つか、討たれるか……」

であった。

そして近藤は、相手を討った。

近藤虎次郎が、一介の剣客にすぎないのなら、

「曲者を討った……」

と、お上へ届け出ればすむことだといえよう。

しかし、いまの近藤は、彦根城下で殺人を犯《おか》し、国許《くにもと》を出奔《しゅっぽん》した男だ。

奉行所の調べを受けるわけにはまいらぬ。

そうなれば、彦根藩・井伊家に迷惑をかけることになる。

出奔以来、近藤は、川村弥兵衛を間にして、井伊家の好意を受けてきている。この恩恵に対しても、旧主家へ迷惑をかけたくはない。

そこで、加藤平十郎の死体をそのままにし、あるかぎりの金だけを懐中にし、着のみ着のままで木村道場から逃げたのであった。

(いまごろは、門人たちが大さわぎをしていよう。木村又右衛門先生には相すまぬことをした)

女中が運んできた酒をのみながら、近藤は、道場の留守を引き受けたりするのではなかったと、いまさらに悔んだ。

翁屋の使いの者が帰って来て、川村弥兵衛の返事を、近藤虎次郎へ伝えた。

川村は、ちょうど藩邸内で用事があり、

「一刻ほど待っていてもらいたい」

とのことであった。

「さようか……」

待つより仕方はない。

近藤は、翁屋の帳場へ、こころづけをわたして川村があらわれるまで座敷を借りることにし、また、酒をたのんだ。

昨夜からの疲れが出て、近藤は身を横たえた。

(そうだ。あの侍の躰を、くわしく調べて見ればよかった)

いまさらに、そうおもう。

何か、身許《みもと》が知れる品物を身につけていたやも知れぬ。

落ちついていたつもりなのだが、加藤平十郎を斬り殪して後の近藤虎次郎は、

(自分の身の始末しか考えていなかった……)

ことになる。

(何ということだ。これでは、これまでの修行が何にもならぬではないか)

近藤は、苦笑をした。

そして、とろとろと眠りにひきこまれた。

近藤は、夢を見た。

夢の中に、三千代があらわれた。

白い豊満な三千代の肌身を、近藤が抱きしめ、激しく愛撫している夢であった。

これまでに、同じような夢を何度見たことであろう。

それは、彦根城下にいるころからのものだ。

となりの小座敷へ客が入って来て、大きな笑い声をたてたので、近藤は夢からさめた。

冷えた酒を、口にふくみつつ、

(あのときの……三浦芳之助を斬ったときの、おれは、たしかに、どうかしていた……)

いまさらに、そうおもう。

先に斬りつけてきたのは、たしかに三浦芳之助であったが、

(おれが刀を抜かずに、取って押えることは、わけもなかったはず……)

なのである。

それなのに、抜き合わせた。

斬ってしまった。

何故か……?

(あのときのおれは、やはり、三浦芳之助を憎むこころを、押えきれなかったのではな

いか……）

憎むのなら、むしろ、三千代を憎むべきであったろう。

あれほど熱心に求婚をした近藤を、三千代は一瞥《いちべつ》もあたえず、三浦芳之助へ嫁いでしまったのだ。

この日の午後になって……。

町奉行所の同心二名が、本所・四ツ目に住む御用聞きの富蔵と共に、加藤平十郎の道場へやって来た。

木村道場の門人たちは、あれから相談の上で、異変をお上へ届け出たのである。

木村道場に残されたままの、平十郎の遺体を入念に調べると、肌につけた伊勢大神宮の守袋の中から、自分の姓名と住処をしたためた小さな名札を発見することができた。

名札を肌につけるのは、先ず、剣客の心得といってよいだろう。

いつ、何処で、おもいがけぬ相手と斬り合うことになるやも知れぬ。

これを、剣客は宿命の一つと覚悟していなくてはならない。

加藤道場にいた門人たちは、奉行所の小者が戸板に乗せて運んで来た師の遺体を見るや、

「せ、先生……」

おどろきもしたし、

「先生を討ったのは何者です？」

血相を変え、同心たちを問いつめる者もいた。

このとき、老僕の茂兵衛は、三千代へ、

「ようございますか。よけいな事をしゃべっては、お前さまのためにもなりませぬし、亡くなった旦那さまも、およろこびになりますまい」

と、いいふくめた。

三千代は、加藤平十郎の遺体を見るや、よけいなことをしゃべるどころではなかった。遺体に取りすがり、人目《ひとめ》もかまわず、三千代は噎《むせ》び泣いた。

それを見て同心が、

「お内儀《ないぎ》か？」

と、茂兵衛へ尋ねた。

「さようでございます」

肚を決めて、茂兵衛はこたえた。

同心たちは、三千代へ対して、別に執拗な尋問をしなかった。

道場を出て行くときの加藤平十郎が、近藤虎次郎と決闘をすることなど、三千代にも茂兵衛にも告げていなかったからだ。

「近藤虎次郎の名を、耳にしたことはないのか？」

「ございませぬ」

と、茂兵衛がこたえた。

（これは、剣客どうしの意趣による斬り合いにちがいない）

同心たちは、そう看てとったらしい。

門人たちも、師の平十郎から近藤の名を聞いたおぼえがない。

こうなると、町奉行所の同心たちは、

（これでは仕方がない）

この上の探索をしてもはじまらぬと、おもいはじめたようである。

ちかごろの町奉行所は、よほどの事件でないと、身を入れて探索をしなくなってきている。

人手が少い上に、小さな事件が多すぎるのだ。

剣客どうしの斬り合いなぞに、

「かまっている暇はない」

と、いうところなのであろう。

門人たちは、そうした態度の同心たちへ反感を抱いたようだが、茂兵衛は、ほっとした。

「それでは、ねんごろに弔《とむら》っておやりなさるがいい」

こういって、同心も御用聞きも引きあげて行った。

「けしからぬ役人どもだ」

「ともかくも、これから、その小梅の木村道場へ出かけてみよう」

「役人どもにまかせてはおけぬ」

「そうだ。そのとおりだ」

数人の門人たちが大刀をつかみ、道場を出て行った。

茂兵衛と三千代は、加藤平十郎の遺体を清め、母屋の奥の間に安置した。

「茂兵衛さん。近藤虎次郎は、やはり、阿部川町の西光寺に隠れているのではありますまいか」

「ま、落ちつきなされ。もしも、たしかめたいのなら、わしも一緒にまいりますよ。それよりも先ず、旦那のことが……」

「は、はい」

近くの白泉寺の僧を、茂兵衛がよびに行った。

この道場の敷地は、白泉寺が所有しているので、平十郎も茂兵衛も、和尚や寺僧たちとも顔見知りの間柄であった。

茂兵衛が出て行った後で、三千代は、平十郎の顔にかけてあった白布を取りのぞいて見た。

斬殺されたときの苦痛の痕《あと》は、もはや何処にもない。

いまにも三千代へ笑いかけてきそうな、加藤平十郎の平穏な死顔なのである。

三千代は、号泣した。

平十郎の死顔へ、自分の頰を押しつけた。

とめどもなく泪があふれてくる。

「加藤様。きっと……きっと、お後からまいります」

と、よびかけずにはいられなかった。

(近藤を討って、お怨みをはらすことは、私の細腕では、到底かないませぬ。なれど、かならず近藤の手にかかり、おそばへまいりまする。そして、あの世から、近藤虎次郎を呪《のろ》い殺して見せまする)

三千代自身、気づいていなかったけれども、このときの悲嘆《ひたん》の激しさは、亡夫・三浦芳之助を失ったときとは、くらべものにならなかったといってよい。

老僕の茂兵衛は、加藤平十郎を白泉寺へ葬った後、三千代を連れて、新宿の妹の嫁ぎ先へ立ち退くつもりである。

義俠の心が強い茂兵衛は、

(こうなったからには……)

どこまでも、三千代のちからになろうと、決意していた。

白泉寺から帰った茂兵衛は、平十郎の急死を、

（そうだ。中村権右衛門様へ、お知らせをしなくては……）

と、おもいついた。

三千代から聞いたところによると、四日ほど後に、加藤平十郎は岡部美濃守へ目見得《めみえ》することになっているらしい。

主家へ、平十郎を推挙し、ようやくこれが成功したわけだから、中村権右衛門は、

（旦那が亡くなったことを、お聞きなすったら、どんなに、がっかりなさることか……）

それをおもうと、茂兵衛は気が滅入った。

だが、知らせぬわけにまいらぬ。

自分が、岡部屋敷内の長屋に住む中村権右衛門へ知らせに行こうとおもったが、

（いや、待てよ。三千代さま一人を残しておいては、こころもとない）

茂兵衛はおもい直した。

三千代の悲嘆が、あまりに大きく激しいものだから、

（もしやして、わしが出て行った後で、旦那の後を追おうなぞとおもいつくかも知れない）

それを、茂兵衛はおそれたのである。

道場に残った門人たちは、師の遺体を道場へ移した。

母屋より道場のほうが広いし、通夜をするのに便利でもある。

それに、今日は道場へ顔を見せぬ門人たちへも知らせが行けば、いずれも駆けつけて来よう。

茂兵衛も、これには賛成であった。

通夜や葬儀が道場でおこなわれるなら、三千代は母屋へ引きこもっていることができるし、中村権右衛門が来ても、怪しまれることはない。

茂兵衛は、道場に詰めている若い門人のひとりへ事情を告げ、

「岡部様の御屋敷へ行って下さいませぬか」

と、たのんだ。

「よいとも。岡部様の御家来で、中村権右衛門と申される方なのだな」

「さようでございます」

「よし。すぐに行って来る」

「どうか、お願い申しますでございます」

知らせを聞いて駆けつけて来た中村権右衛門の落胆と困惑は、非常なものであった。

「いったい、これは、どうしたことなのだ。どうして、平十郎は、このような目にあわねばならなかったのじゃ？」

興奮して問いかけてくる中村権右衛門へ、茂兵衛は悲しげにかぶりを振るばかりだ。通夜にあつまった門人たちも、だれ一人、師の加藤平十郎と近藤虎次郎の関係を知らないのである。

加藤平十郎は、まだ、三千代のことを中村権右衛門へ語っていないらしい。

三千代から、それと聞いたので、茂兵衛は、

「こうなっては、中村様に、お前さまのことを申しあげても、仕方がないことでございます」

と、三千代にいった。

たしかに、そのとおりだ。それならば、よけいな面倒は避けたほうがよい。

そこで茂兵衛も、中村へ、三千代のことを告げぬことにした。

中村が、道場の通夜の席にいる間、三千代は母屋へ引きこもったまま、顔を見せなかった。

中村権右衛門は、

(平十郎は、剣客としての立場から、その相手と真剣の立ち合いをせねばならぬ事情があったにちがいない。先日、藩邸へ来て、仕官の事を聞いたときには、あれほどによろこんでくれ、今度の事については気《け》ぶりにも見せなかった。つまり、平十郎は相手に打ち勝つ自信があったからであろう。なれど、勝てなかった……)

そうおもうよりほかに、仕方もなかったろう。

ここで、鎌倉町の翁屋の二階座敷へ視線を転じたい。

外桜田の藩邸から、川村弥兵衛が翁屋へあらわれたのは、日が暮れる前のことであった。

それは、平十郎の門人が茂兵衛にたのまれ、中村権右衛門へ異変を知らせにおもむいたころであったろう。

「待たせたな」

座敷へ入って来て、声をかけたとたんに、川村は近藤虎次郎の顔色を見て、

(何か、起ったらしい)

と、察した。

「わざわざ、お運《はこ》びをいただきまして……」

「いや、かまわぬ。それよりも何ぞ……？」

「人ひとり、殺《あや》めてしまいました」

「えっ……それは、三千代……？」

「いえ、三千代どのではありませぬが、関わり合いのない男ともいいきれませぬ。何処のだれともわかりませなんだが、なかなかの手足《てだり》にて、危《あやう》く、討ち取られるところでご

ざいました」

「それで？」

と、川村弥兵衛。

「死体は、そのままに残し、木村道場を、夜明けに脱《ぬ》け出てまいったのです」

「ふうむ……」

川村は、まじまじと近藤虎次郎を見まもり、嘆息を洩らした。

「さてさて、おぬしも不運の男よ」

「いたし方もありませぬ」

身から出た錆《さび》でござる、と言いかけて、近藤は口を閉ざした。

あのとき、三浦芳之助を斬ったときの、自分の心理を川村弥兵衛へ語ったところで、わかってもらえそうにもない。

また、いまさらに語ってみたところではじまらぬ。

あの年の初夏の或日……。

三浦芳之助は、おそらく当人にしても、

(おもいもかけぬ……)

失敗を仕出かしてしまったのだ。

近藤虎次郎は、その事を耳にしたとき、

（美しい三千代どのを妻に迎えて、わずか一年しか経っていないのに、何故、あのようなまねをしたのであろうか？）

ふしぎでならなかった。

「魔が差した……」

としか、おもえぬ。

彦根城下から、琵琶の湖畔の道を一里ほど行ったところに、大きな沼がある。

沼のほとりの、香蒲《がま》が密生している小道を、その日の午後に三浦芳之助が通りかかったらしい。

らしいというのは、その日の三浦芳之助を、近藤は自分の眼で見たわけではないからである。

後になって、近藤が密かに調べてみると、この日の芳之助は非番（休日）であった。

おそらく、好きな釣りをしに出かけたのでもあろうか。

それは、どちらでもよい。

ともかく、沼のほとりで、三浦芳之助は、近くの村里に住む少女を見た。

少女の名を、おみのという。十六歳であった。

おみのはこのとき、沼に小舟を浮かべて香蒲の葉を刈り取っていたそうな。

このあたりの百姓たちは、香蒲の葉を編んで蓆《むしろ》をつくる。

まだ夕暮れには間のある時刻で、日の輝きは、もう夏の盛りのものといってよかった。

一所懸命に香蒲の葉を刈り取りつづけていたおみのは、汗みどろになっていた。

そこで、刈り終えたとき、おみのは双肌をぬいで、小舟から沼のほとりへあがり、手ぬぐいを沼の水に浸し、腕や胸の汗をぬぐいはじめた。

おそらく、乳房は可憐なふくらみを見せていたろう。

おみのは、ここちよさそうに、丹念に汗をぬぐっていた。

そこへ、三浦芳之助が通りかかったことになる。

三浦芳之助は、香蒲の葉ごしに、おみのの半裸の姿を見て、欲情した。

欲情したからこそ、躍《おど》りかかり、有無《うむ》をいわせずに犯《おか》したのである。

何故、欲情したのか……。

近藤虎次郎のように、幼年のころから剣術の修行に打ち込み、自分《おのれ》の心身を制御することを知っている男にとっては、

(ふしぎでならぬ……)

ことであろうが、男という生きものが、理屈だけでは割り切れるものではない。

現に、そういう近藤虎次郎自身が、斬りつけて来た三浦芳之助への怒りを押えきれなくなり、抜き合わせざま、一刀のもとに斬って捨ててしまったではないか。

取って押えることもできたし、逃げることもできたというのに、近藤は斬った。斬ったがために、井伊家の家来という身分を捨て、彦根城下を出奔する羽目になってしまった。

ちょうど、このとき、三千代は躰をこわし、半月ほど病床についていたのだが、それが三浦芳之助の欲情と、どのようにむすびついていたかは近藤も知らぬ。

芳之助は、おみのへ襲いかかり、ちからにまかせて犯し、立ち去った。

このときの芳之助は非番ゆえ、袴をつけていなかった。

おみのがいうところによれば、三浦芳之助は手ぬぐいで頬かぶりをし、裾をからげていたそうな。

犯されたおみのは、辛うじて小舟へ這い込み、泣き伏した。

この光景を、目撃した者は一人もいないと三浦芳之助はおもっていたろうし、おみのも、そうおもっていた。

ところが、いた。

おみのの弟で十二歳になる為吉が、姉を迎えに来て、姉の躰から離れ、釣道具を手に立ち去る三浦芳之助を見た。

為吉は、その後を密かに尾行し、芳之助が三浦家へ入るところを見とどけたというのだ。

おみのと為吉から、はなしを聞いて、両親は激怒した。

そして、

「とても、だまっていられぬ。奉行さまへ訴えよう」

と、いうことになった。

そこで、おみのの両親は、同じ村の作右衛門という老百姓へ相談をしに行った。

兄が急死したので村へもどって、兄の妻と夫婦になり、近藤家へ下男として奉公をしていた。

この作右衛門は、近藤虎次郎が七歳のころまで、近藤家へ下男として奉公をしていた。

作右衛門は義理がたい老爺で、いまもむかしのことを忘れず、野菜をみやげに、近藤虎次郎の機嫌をうかがいにやって来たりする。

さて……。

相談を受けた作右衛門も、

「そりゃ、だまっているわけにはいかぬ」

と、いった。

江戸時代の侍たちが、身勝手に暴力を揮ったりするのを、町人や百姓たちは泣き寝入りをしなければならなかったなどと、おもっている人もいるようだが、なかなかそうしたものではない。

ことに、大名の城下で起った事件ならば、藩庁も、たとえ犯人が藩士であろうとも、きびしい態度でのぞまねばならない。

百姓たちの、こうした訴えをしりぞけることなど、あり得ないのだ。

作右衛門は、よくよく思案した上で、先ず近藤虎次郎へ相談をしてみようと考えた。

どのように訴え出たらよいのかを、くわしく知りたかったからだ。

「ま、ともかくも、わしにまかせなされ」

ひとまず、おみのの両親をなだめておき、翌日、作右衛門は近藤虎次郎を訪ねた。

「おお、よく来た。相変らず達者だな。何よりのことだ」

近藤は非番だったので、作右衛門を居間に面した庭へ通し、縁側へ腰をかけさせ、茶菓を出してやった。

身分の上下にこだわらぬところが近藤にはあって、なればこそ作右衛門も、いまだに顔を見せるのであろう。

「旦那様。御家中の三浦様が、とんでもないことを仕出かしてくれましてのう」

「何、三浦……芳之助か？」

近藤の顔色が、わずかに変った。

他の藩士ではない。いまも近藤が胸の底の慕情を打ち消すことができない三千代の夫だったからである。

作右衛門が語るのを聞いて、

（これが、もし、本当のことならば……）

まことに困ったことになったと、近藤はおもった。

御目付方をつとめている近藤虎次郎は、藩士の日常を監察し、非違《ひい》の事あれば、すぐさま上司を通じて、これを藩主や重役たちへ報告をせねばならない。

それだけに責任もある。

作右衛門の言葉を、そのまま、鵜《う》呑《の》みにするわけにはいかなかった。

「作右衛門。お前も、その眼で、そのときの様子をたしかめたわけではあるまい」

と、近藤虎次郎がいった。

「そりゃ、見てはおりませぬ。おりませぬが、これは、ほんとうのことでございます」

「嘘《うそ》だと申しているのではない」

「それでは、旦那様……」

「ま、私のいうことを聞いてくれ。お前も、私の御役目がどのようなものか、よく知っていよう」

「はい。なればこそ、こうして相談にまいったのでございます」

「ようも、そこへ気づいてくれた。礼を申すぞ」

近藤は、この事件を公にする前に、自分が調べてみたいといった。

何分にも、これが表沙汰になると、彦根藩士のすべてが三浦芳之助の汚《お》行《こう》によって、名誉を傷つけられることになる。

それだけに、

「念を入れて調べてみたいのだ」

と、作右衛門を説得した。

作右衛門にしてみれば、

（調べなさるにもおよばぬことだ。これほど、はっきりした事なのに……）

と、いいたいところであったろうが、その一面では、

（旦那様の思案にも、むりはないところがある）

と、おもった。

それは、作右衛門なりに、旧主人の御役目の性質を理解していたからであろう。

村へ帰った作右衛門は、おみのの両親へ近藤の言葉をつたえて、

「旦那様は立派なお方じゃ。かならず悪くは計らわぬというてござるゆえ、もう少し、待ってみなされ」

説きふせたのである。

一方、近藤虎次郎は、この夜、一睡もせずに考えつづけた。

近藤が取りあえず、あのような処置をとったのは、御目付方の一人として、先ず当然であるといってよい。

それに、この事件を耳にしたとき、近藤の脳裡に浮かんだのは、三浦芳之助よりも三千代の顔であった。

この事件が明るみに出たら、芳之助が処罰を受けることは必定《ひつじょう》といってよい。

そうなったら、

(三千代どのは、どうなる……)

このことであった。

芳之助の新妻となっている三千代の幸福は、徴塵《みじん》に砕け散ってしまう。

かつて、近藤虎次郎は、熱心に三千代へ求婚をし、これを拒《こば》まれた。

それは、三千代ひとりに拒まれたというよりも、三千代の父や兄に好感をもたれていなかったからだ。

近藤は、それを承知している。

また、自分と夫婦になるはずだった三千代を、三浦芳之助が横合いから奪い取ったというのでもない。

三千代の父と兄は、近藤と三浦芳之助を見くらべた結果、三浦をえらんだのである。

したがって近藤虎次郎は、今日まで三浦芳之助を憎悪していたわけではない。

しかも尚、三千代への恋情《れんじょう》は消えていなかった。

(何とかして、三千代どのの耳に、この忌《いま》わしい出来事がつたわらぬようにできぬものか……)


近藤の願いは、これにつきていたといえよう。

ともかくも、その翌日から、近藤は調査に取りかかった。

おみのにも会い、弟の為吉からもはなしを聞き取り、両親にも会った。

両親の怒りは、おもいのほかに激しかった。

何としても、上《かみ》へ訴え出る決意らしい。

おみのは、まだ、十六の小娘なのである。

それを、三浦芳之助は、ちからずくで蹂躙《じゅうりん》した。

まだ、女の躰として成熟しきっていないおみのを見ているうちに、はじめて近藤の胸にも、

(三浦は、何というやつだ)

怒りが、こみあげてきた。

その怒りを押えて、近藤は調べをつづけた。

結局、三千代が知らぬ間に事を解決するためには、おみのの両親と三浦芳之助との間で、はなし合いがつくことが肝要《かんよう》なのだ。

そのためには、どうしたらよいか……。

近藤虎次郎は、おみのの弟の為吉を連れ出し、御城から退出して来る三浦芳之助の姿

を、物蔭から見せて、

「あの侍に、まちがいはないか?」

尋ねると、為吉は大きくうなずいた。

これで、ほとんど三浦芳之助の〔犯行〕は決定的なものとなったといってよい。

間もなく、彦根城下も梅雨に入った。

近藤は、一日のばしに、おみのの両親の訴えを延引させていたが、だからといって、このままでは仕方もない。

そのうちには、両親がたまりかねて、近藤の手を通さずに訴え出るにちがいなかった。

そうした或日。

近藤虎次郎は、御城から退出して来た三浦芳之助を道に待ち受け、

「ちと、聞いてもらいたい事がある。後からついてまいられい」

と、いった。

芳之助は、嫌悪の表情を隠そうともしなかった。

だが、御目付方の近藤に逆らうわけにはまいらぬ。

後について来た三浦芳之助を、近藤は、明照寺という寺院の墓地裏へいざなった。

三浦芳之助は、近藤虎次郎が三千代へ求婚したことを聞いている。

三千代の父や兄からも聞いたし、三千代の口からも聞いた。

家中の人びとも、これを知っている。

あのときの近藤の熱心さと、三千代の実家の困惑と、ついに近藤が拒否された事実は、たとえ隠そうとしても隠しきれぬものであった。

求婚をことわられた後の近藤虎次郎も、城下の噂《うわさ》を耳にして、よい気持ちではなかったにちがいない。

それだけに近藤は、この事件に対して、

（慎重であらねばならぬ）

そうおもった。

三浦芳之助を苦境に陥《おとしい》れることは、わけもないことだが、そうなると、三千代を奪われた腹癒《はらい》せにとられかねない。

後になって近藤虎次郎が、

（あのとき、作右衛門の相談に乗るのではなかった……）

悔んだのも事実であった。

しかし、当時の近藤は、あくまでも三千代のためによかれとおもえばこそ、事件に立ち入ったのであろう。

さて……。

彦根城下の明照寺の墓地裏へ、三浦芳之助をいざなった近藤は、

「これから、私が申すことを、落ちついて聞かれよ」

先ず、念を入れた。

芳之助の不快の色は消えない。

自分の妻になった三千代へ求婚した男であるばかりでなく、近藤は家中の人びとからも嫌われるような役目をつとめているのだ。

「何事でしょう？」

「すぐる日、おぬしは、城下外れの沼のほとりで十五、六の少女《むすめ》と出合われたか？」

近藤の問いを受けて、芳之助の顔色が、あきらかに変った。

あのことが、まさかに近藤の耳へ入っていたとは、おもっていなかったのだ。

あの日の芳之助は、手ぬぐいで顔を隠していたし、袴もつけてはおらず、少女は、自分を犯した男が、何処のだれとも知らぬはずであった。

「いや、そのようなおぼえはありませぬ」

三浦芳之助は動揺に堪えて、否定をした。

「まことに？」

「おぼえがないといったら、ないのです」

「ふうむ……」

おぼえがないはずはない。

近藤の、するどい眼は、芳之助の動揺を見逃さなかった。

芳之助は、どこまでも否定しつづけた。

しかし、三浦芳之助の否定が、いつまでもつづくものではない。

おみのの弟が目撃していて、芳之助を尾行したことを、近藤虎次郎が口にのぼせたときの、芳之助の狼狽ぶりはひどいものであった。

それでも尚、かぶりを振りつづける。

「私も御役目柄、百姓たちの訴えをしりぞけるわけにはまいらぬ」

「………」

「もしも、おみのを、おぬしの前に連れて来ても、おぬしはどこまでも知らぬといわれるか？」

「し、知りませぬ。身に、おぼえがないことです」

ここにいたって、まだ、三浦芳之助は否定しつづけた。

否定したところで、どうにもならぬことをわきまえていないのだ。

ただ、事実が明るみへ出されることを恐れに恐れている。

そして、芳之助は、近藤が好意から自分に近づいて来たとはおもっていない。

三千代を奪ったかたちの自分の非行を、近藤があばきたてようとしている。もし、それに応じて、すべてを自白したなら、

(どのような目にあうか、知れたものではない)

その一心から否定しつづけた。

近藤虎次郎は、藩士の日常を監察し、非違の事あれば、ただちに、これを上《うえ》つ方《かた》へ報告するのが役目なのだ。

その報告書は密封され、家老や重役衆の立会のもとに開封されるという。

それをわきまえていながら、三浦芳之助は口を割ろうとはせぬ。

蒼ざめ、ふるえながらも、

「まったく、身におぼえがない」

と、いい張るのだ。

近藤は、怒りを押えながら、

「自分は、おぬしのためによかれとおもい、わざわざ他人の目を避け、こうして二人きりで談合しているのだ。なれば何事にも素直に、肚を打ち割ってもらいたい」

おだやかに説いたが、芳之助は態度をひるがえさぬ。

ゆえに、近藤としても、はなしのすすめようがなかった。

自分を見る三浦芳之助の眼に、近藤は憎悪の色を感じた。

あるいは近藤の眼にも、軽蔑《けいべつ》の色が浮かんでいたやも知れぬ。

近藤は数日後、この場所で会うことを芳之助に約束させた。

数日の猶予《ゆうよ》をあたえ、

(三浦の肚を決めさせたほうがよい)

そうおもった。

三浦芳之助の態度がきまれば、近藤にもまた、別の思案があろうというものだ。

約束の日、ついに、三浦芳之助は明照寺の墓地裏へあらわれなかった。

さすがに、近藤虎次郎も、

(何という男なのだ)

いまさらに、三千代が芳之助のもとへ嫁いだことを残念におもった。

三千代は、何も知らぬ。

知らぬまま、今日に至っている。

もし、この間の事情を知っていたら、当時の夫の様子が変っていたことに気づいたろう。

芳之助が憂悶を隠しきれなかったのは事実だが、

「近ごろ、お顔の色がすぐれぬようでございますね?」

三千代が案じると、芳之助は、

「御用繁多《ごようはんた》で、いささか疲れているのやも知れぬ」

と、こたえた。

芳之助が、近藤の言葉を信じなかったふしもある。

(あの日のことを、他人に見られたはずはない)

小娘の弟が、自分の後を尾《つ》けて来たなどというのは、近藤が自白《じはく》のさそいをかけているのだ。

それでいて三浦芳之助は、おみのを暴力で犯した男が自分だと、近藤が見きわめをつけたことに、

(何故、わかったのか?)

不審を抱きながらも、

(こうなったら、どこまでも知らぬといいきるよりほかはない)

むしろ、依怙地《いこじ》になってしまった。

それでいて不安なのだ。怖い。

近藤が恐ろしいから、約束の日に明照寺へ足が向かなかった。

それでいて、その結果がどうなるかということに、おもいがおよばないのだ。

こうしたところに、三浦芳之助の本性が看てとれる。

人間は外見のみでは、まったくわからない。

何か異変が起ったときにこそ、自分でも気づかなかった本性があらわれてくる。

三浦芳之助は、その場その場の自分の言動しか頭にない男だったのである。

なればこそ、あのような汚行をしたのであろう。

近藤虎次郎は、尚、数日を待った。

芳之助から自分への連絡に期待していたのだ。

だが、何ともいってこない。

そこで、またも近藤は、芳之助が御城から下って来るのを待ちうけ、明照寺の墓地裏へ連れて行き、

「このようなことを繰り返していて、埒《らち》が明くとおもうているのか。私の手をはなれれば、おみのの父親や村の者が奉行所へ訴え出るのだぞ」

きびしく叱りつけた。

これまでに、近藤虎次郎は、三浦芳之助の非行を内密にするためには、どうしたらよいかを、おみのの両親や作右衛門と談合した。

そして……。近藤は根気よく説きつづけて、彼らの強硬な姿勢を、やわらげることを得た。

つまり、示談《じだん》である。

示談であるからには、条件がある。

おみのの父親が第一に主張するのは、三浦芳之助が自分の家へあらわれ、おみのへ謝罪をしてもらいたいということだ。

むろん、それだけではすまぬ。

おみのへの慰謝料を、芳之助が出さねばなるまい。

その金高については、はなしが決まった後に、双方で談合せねばならぬ。

この条件を三浦芳之助が受けいれるなら、おみのの父親は、事件を内済《ないさい》にしようといってくれた。

ここまで漕ぎつけるためには、近藤虎次郎が、ずいぶんと苦心をしたものであった。

この日も否定をつづける三浦芳之助へ、近藤は内済の条件をつたえた。

「その、小娘とやらへ、私があやまる……」

と、芳之助は呆《あき》れたような顔つきになった。

「そうだ」

「何をもって、そのような……」

意外千万とでもいいたげな芳之助なのである。

近藤は近藤で、

(何という愚かなやつだ……)

またしても、不快に堪えねばならなかった。

「これが最後だ。どこまでも、おぬしがおのれの罪をみとめぬというなら、私も手を引こう。なれど、そうなったらどのようなことになるか、おぬしは、ようわからぬらしい」

「……」

「よろしいか。民百姓あっての武士だ。ことに井伊家では、むかしから領民を大切にし、これを軽んずることがないのが御家風なのだ。もしも、おみのの父親が訴え出たらどうなさる。おぬしはよいとして、三千代どのも苦しいおもいをせねばならぬ」

近藤がそういったとき、三浦芳之助が近藤虎次郎へ向けた眼の色は、実に何ともいえぬものであった。

憎しみばかりではない。

(やはり近藤は、三千代のことを根にもっていたのだ。なればこそ、こうして自分を苦しめようとしている……)

この芳之助のおもいが激しい光りを帯びて両眼にあらわれたといってよい。

近藤は、おもわず息をのんだ。

後ろめたいところは少しもないが、やはり、胸の内が騒いだのであろう。

物もいわずに、墓地裏から駆け去って行く三浦芳之助を、近藤虎次郎は茫然と見送った。

すでに、梅雨は明けていた。

そして……。

数日後に、近藤は芳之助を斬り殪すことになる。

近藤は、

（手を引こう）

と、決意した。

そのむねを、おみのの両親と作右衛門へ告げに行くつもりでいたところ、公用で大坂まで行くことになり、数日後、彦根へもどり、勘定方の石田藤兵衛《いしだとうべえ》の通夜へおもむいた。

石田藤兵衛は、近藤の亡父と親交があり、近藤の代になってからも交誼《こうぎ》が絶えていない。

そこで、城下の西ヶ原にある石田藤兵衛の屋敷へ出かけ、通夜をすませてもどる三浦芳之助と、おもいがけなく出合った。

夏の夜の、蛍《ほたる》が飛んでいる道へ、草履取《ぞうりとり》の直助《なおすけ》の提灯《ちょうちん》を先に立てて歩んで来る三浦芳之助を見たとき、

（そうだ。いま一度……）

と、近藤はおもいついた。

愚かなくせに強情な芳之助を、いかに説いてもむだだとはおもいながら、近藤は最後の説得をするつもりになった。

近藤が、

「はなしたいことがある」

そういうと、芳之助は草履取へ、

「直助。先へ帰っておれ」

と、いった。

「何用でござる？」

険しい目つきになった芳之助が、噛みつくような声で、

「急ぎます。早う申されたい」

近藤は呆れた。

「何用でござる」とは、いったい、どのような気持ちから出た言葉なのか……。

ただ依怙地になっているだけとはおもえぬ。

近藤虎次郎は、すべてをあきらめた。

怒るよりも嘆息が出た。

「もう、よろしい」

あきらかに軽侮《けいぶ》の目で芳之助を見やりつつ、

「そのかわり、覚悟を決めておかれるがよい」

ぴしりといい捨てて、歩み出した。

歩み出した途端に殺気を感じ、振り向いた近藤めがけて、三浦芳之助が斬りつけてきた。

「覚悟をしておけ」

と、近藤にいわれ、芳之助は我を忘れた。

近藤虎次郎を殺してしまえば、自分の非行が表沙汰にならぬとでも、おもったのであろうか。

「何をする」

体《たい》をひらいて芳之助の一刀を躱《かわ》したとき、近藤虎次郎は、われにもなく、かっとなった。

たまりにたまっていた三浦芳之助への怒りが、一度にほとばしり出たといってよい。

芳之助は二の太刀を打ち込むまでもなく、抜き打った近藤の一刀を頸すじに受け、わずかに呻いたのみで倒れ伏したのであった。

三浦芳之助が息絶えたのを見て、

（しまった……）

と、おもったが、すでに遅い。

（これから、おれは、どうしたらよいのか……？）

城下町の闇の中を走りつつ、近藤虎次郎の想念は目まぐるしく回転した。

ぐずぐずしてはいられない。

名乗り出て、上からの裁決を受けることも考えたが、そうなると、すべてが明るみに出る。

そうなったら、

（三千代どのが、嘆き悲しむに相違ない）

また、三千代へ求婚して拒絶された自分と芳之助のことを、世間は何とみるであろうか。

剣を把《と》って闘ったときの自分と芳之助の腕の相違は、だれの目にもあきらかなはずだ。

そうなると、自分の告白も歪《ゆが》んだかたちで見られかねない。

いや、かならず、そうなるであろう。

それよりも、このまま彦根城下から無断で逃亡してしまえば、自分は罪を着ることになるが、そのかわり、おみのの両親も、

（私が三浦芳之助を斬ったことに免じて、怒りをおさめてくれるのではないか……）

そうおもった。

（おれ一人が悪者となっても、そのほうが三千代どののためにはよい）

ついに、近藤は決断して屋敷へもどるや、あるかぎりの所持金の内の半分を奉公人へわたし、

「いま、人を殺《あや》めたので、脱藩《だっぱん》をする」

とのみ、いい残し、ほとんど着のみ着のままで彦根城下から出奔したのであった。

江戸の藩邸にいる旧知の川村弥兵衛を密かに呼び出し、真実を告げたのは後日になってからだ。

おみのの両親は、果して、訴えを取りやめたらしい。

訴える相手が死んでしまったのでは、どうにもならぬし、しかも近藤に斬られたということで、怒りも解けたのであろう。

それに、三浦芳之助が死んで尚、自分のむすめが犯された事実を公にしたところで、

(おみのに、傷がつくばかりだ)

と、おもったにちがいない。

川村弥兵衛は、江戸へあらわれた近藤虎次郎から密かに呼び出しを受け、鎌倉町の翁屋へ来て、はじめて近藤の告白を耳にしたのである。

川村は、おどろいた。

「さようなことを、何故、上《かみ》へ有体《ありてい》に申さなかったのだ?」

「は……」

「三浦を斬り捨てたまま、だまって出奔いたしたのでは、おぬしが一人で罪を着ることになってしまうではないか」

「いたしかたもありませぬ。もはや、取り返しがつきませぬ」

「ふうむ……」

このとき近藤は、素直に、三千代へ対する自分の心情を川村弥兵衛へ打ちあけている。

川村は、今後の連絡について打ち合わせをすませ、藩邸へもどった。

そして近藤の告白を、そのままではないが、或程度、江戸藩邸の重役へつたえたのである。

或程度というのは、近藤と三千代の関係を別にして、三浦芳之助の少女暴行の一件のみをつたえた。

そうなると、目付方をつとめている近藤虎次郎が、

(この事件を公にしてはまずい。何とか内密に始末することはできないものか)

と考え、いろいろと画策し、三浦芳之助を説きふせようとしたところ、芳之助が逆恨みをしたか、または近藤を殺してしまえば自分の非行が表沙汰にならぬとおもったのか
……石田藤兵衛の通夜の日に、道で出合った近藤へ斬りつけたが、かえって近藤に討たれてしまった……。

つまり、そうしたかたちになる。

川村弥兵衛の報告は、江戸藩邸から国許の彦根へ届けられた。

井伊家が、これに対して、どのような見解をとったか、くわしいことは近藤虎次郎の耳へ入っていない。

おそらく、密かに調査がなされたであろう。

そして、亡き三浦芳之助の非行が事実であったことをたしかめたにちがいない。

なればこそ、江戸藩邸の川村弥兵衛へ、

「内々《ないない》に、近藤虎次郎を労《いたわ》ってとらせよ」

との沙汰があったのだ。

おみのへ対しても、内々に井伊家から何らかのかたちで、労りのしるしがあったのではないか……。

ただ、その後。

三浦芳之助の妻だった三千代が彦根城下を出奔してしまったので、

(もしや、亡夫の敵を討とうというつもりでは……?)

と、藩庁も気にかけていたようだ。

すると、翌年の夏も終ろうとするころ、近藤虎次郎が川村弥兵衛へ、三千代が駒井宗理宅に身を落ちつけていることを知らせた。

そこで、川村弥兵衛が駒井宅へおもむき、三千代にも会って、

(どうやら、敵討ちのこころはないらしい)

と、看て取り、これを藩庁へ報告した。

そこで、

「そのように落ちついて暮しておるのなら、そのままにしておくがよい」

藩庁は、三千代に対して、ゆるやかな処置をとった。子も生まれぬまま、若くして夫に急死された三千代を、あわれんでのことであろう。

(先ず、よかった)

川村弥兵衛は、ほっとしたものであった。

(これで、後二年もすれば、何とか近藤虎次郎の身が立つようにしてやれよう)

すると、また今年に入って、三千代が無断で駒井宗理宅から失踪した。

引きつづいて、今度は、近藤虎次郎が、見おぼえもない剣客に襲われ、これを斬り捨てて、木村道場から逃げたという。

「はてさて、おぬしも何と不運な男であろう」

翁屋の二階座敷で、近藤虎次郎と酒を酌みかわしつつ、川村弥兵衛が嘆いた。

「おぬしの、亡き父御も、さぞ悲しんでおられよう」

「何事も私のいたりませぬゆえ……」

「いや、そうではない。不運なめぐり合わせと申しているのじゃ。いや、このようなことを、いまさら申してもはじまらぬな」

「はあ」

近藤が、おもいのほかに元気なのを見て、川村は意外におもった。

「ともかくも、しばらくは江戸を離れようかと存じます」

「どこへ行く？」

「下総《しもうさ》の松戸《まつど》に、知り合いの者がおります」

「ほう……」

「以前は、ごく親しい間柄にて……」

「さようか。それはよいな」

その男は、名を山倉庄五郎《やまくらしょうごろう》といい、下総の松戸に小さな道場をひらいている。

近藤虎次郎は年少のころから、京都郊外に無外流《むがいりゅう》の道場をかまえていた駒井孫九郎《こまいまごくろう》の門に入り、剣術の修行をした。

そのころ、山倉庄五郎も、下総からはるばる駒井道場へ入門し、修行を積んでいたのだ。

つまり、近藤と山倉は、

「同門の剣友」

なのだ。

下総は、むかしから剣術のさかんなところで、山倉の門人たちは侍よりも町人や漁師・百姓などが多い。

近藤と山倉は、いまも文通を絶やしていないし、江戸へ来てから、近藤は二度ほど松戸へおもむき、いまの自分の境遇《きょうぐう》を語ってもいる。

「いつでも、おれのところへ来い」

山倉庄五郎は、かねてから、そういってくれていた。

「よし。それならば、わしとの連絡《つなぎ》もとれる。ところで、金子《きんす》はあるのか？」

と、川村弥兵衛。

「大丈夫でございます」

「ま、とりあえず、これだけ持っていくがよい」

川村は、ふところの金を、むりに近藤へわたした。

やがて……。

二人は翁屋を出て、右と左に別れたのである。

このとき、夕闇は夜の闇に変りつつあった。

ちょうど、そのころ……。

小梅の木村道場へ駆けつけて行った加藤平十郎の門人たちが、道場へもどって来た。

木村道場の門人たちも、いま旅へ出ている師の木村又右衛門と近藤虎次郎の間柄について
は知っているが、何故、近藤が平十郎を斬ったかということになると、さっぱりわからぬ。

また、木村又右衛門は、近藤が、以前は井伊家に仕えていたなどと、軽がるしく門人たちへ洩らすような人物ではない。

「どうも、わからぬ」

「これはもう、お上の手にまかせるよりほかはない」

「いかにも……」

哀《かな》しみに沈みつつ、寄りあつまった門人たちによって、加藤平十郎の通夜がおこなわれた。

三千代も、道場の隅へ坐ったり、茂兵衛と共に、門人たちへ酒を出したりした。

「気を落してはなりませぬよ」

と、茂兵衛が三千代へささやいた。

「およばずながら、私が、ちからになりましょう。後のことは、ま、安心しておいでなさいまし」

雲《く》《も》の峰《み》《ね》

(あれから、もう一年がすぎてしまった……)

加藤平十郎とすごした夜な夜なが、そして、その平十郎が死体となって運び込まれてきた日が、まるで、

(昨夜見た夢……)

のようにおもわれる。

平十郎を失った悲しみは、いまも三千代の胸から消えなかった。

それは、夫の三浦芳之助を失ったときとは、くらべものにならぬほどの激しさで、なればこそ、

(近藤虎次郎は、私の夫を二人も殺害した。私の手から理《り》不《ふ》尽《じん》に奪《うば》い取ってしまった……)

三千代の憤《いきどお》りは容易ならぬものといってよい。

だが……。

いまとなっては、どうしようもない。

いまの三千代がたのむ人といえば、加藤平十郎の下僕だった茂兵衛ひとりといってよい。

あれから三千代は、茂兵衛がすすめるままに、この葛飾《かっしか》の新宿《にいじゅく》の茶店へ身を移した。

そうするよりほかに、仕方もなかったのである。

三千代は、二十二歳になっていた。

三浦芳之助が斬殺されてより、まる三年の歳月が経過している。

加藤平十郎の死後、茂兵衛は、

「お前さまのことを、井伊様の江戸屋敷へお知らせ申したらいかがなもので？」

「いえ、それは……」

「何も、お前さまに落度があったわけではございますまい」

なるほど、井伊家の江戸藩邸にいる川村弥兵衛へ届け出ても、悪くは計らわぬであろう。

彦根の兄の家へ帰るのは、何としても厭であったが、もしやすると川村の計らいで、駒井宗理方へもどることがゆるされるやも知れぬ。

駒井家での、あの落ちついた穏やかな明け暮れを、三千代は忘れていない。

井上忠八が斬殺されたことを知らなかったら、いまごろの三千代は、おそらく過去を忘れきることができていたやも知れぬ。

そうだ。

(井上忠八も、近藤虎次郎に殺された……)

と、三千代は、おもいこんでいる。

(憎い。近藤が憎い……)

憎悪の炎《ほむら》に気が昂《たか》ぶり、いまも三千代は眠れぬ夜がたびたびであった。

三千代が、井伊家へ届け出ることを拒んだとき、茂兵衛はいった。

「それならば、私が、できるかぎりのことはいたしましょう。そのかわり、憎い奴のことをお忘れなさいまし」

三千代は、茂兵衛の言葉に従うことにした。

いや、従うよりほかに道はなかった。

またしても行方知れずとなった近藤虎次郎に、この後、たとえ出合うことがあったとしても、三千代の細腕ではどうにもならぬ。

三浦芳之助が近藤の敵でないことは、三千代も、よくよくわきまえているが、あの加藤平十郎でさえ、近藤を殪すことはできなかったのである。

それよりも、むしろ、

（あれほど、お願いをしたのに、何故、平十郎様は近藤を討ちにおもむかれたのか……）

それが残念でならぬ。

取り返しのつかぬことになってしまった。

もしも、平十郎が近藤を討たずにいてくれたら、いまごろは泉州・岸和田の城下で、二人は茂兵衛と共に幸福な日々を送っていたはずだ。

いまも、それをおもう。

平十郎の、たくましい裸体が三千代の瞼に浮かんでくる。

平十郎の腕の中で、よろこびにふるえている自分を、何度も夢に見た。

いまごろは、平十郎の子を身ごもっていたやも知れない。

（ああ……私は、何という不運な女なのであろう）

絶望は、たちまちに、近藤虎次郎への憎悪に変る。

茂兵衛に連れられて、新宿の茶店へ移った当座は、食もすすまず、げっそりと窶《やつ》れ果ててしまったほどだ。

夏が来てからも三千代は何度か寝込んでしまい、茂兵衛を心配させた。

三千代が、ようやく立ち直ったのは去年の秋も過ぎようとするころからであった。

新宿の茶店は、茂兵衛の妹のお安《やす》と、その亭主の民蔵《たみぞう》がやっている。

この夫婦は二男二女をもうけたが、次男は他家へ養子にやり、二人のむすめは、それぞれに嫁いでしまっている。

長男の亥之吉《いのきち》は、両親の茶店に住んでいるけれども、これは同じ新宿の布海苔問屋《ふのりどんや》・下総屋五兵衛方ではたらいており、茶店へ帰って来るのも三日に一度ほどなのだ。

民蔵お安の夫婦は、三千代が加藤平十郎の妻になる女だったと茂兵衛から聞いて、

「何と、お気の毒な……」

親身に、三千代の世話をしてくれた。

お安の病状は、いまのところ、どうやら落ちついてはいるが、さりとて、以前のように立ちはたらけるわけのものでもない。

(いつまでも、こうしてはいられぬ)

三千代は、自分をはげました。

三千代は、

「やらせてみて下さい」

自分からいい出て、茶店で立ちはたらくことにした。

「そんなことをなさらずとも、ようございますよ」

お安と民蔵は、しきりに恐縮したけれども、お安が充分にはたらけないので、手が足

りぬことは事実であった。

いざ、三千代が店へ出て、はたらくようになると、立ち寄る客が二倍にも三倍にもなったのである。

そして……。

すでにのべておいたが、新宿は葛飾郡の宿駅の一つで、旅籠もある。

江戸から松戸《まつど》を経て、下総や上総、常陸《ひたち》の国々へ街道が通じているので、旅人の往来も少くないのだ。

その新宿の外れの、中川の渡し場に近いところにある茶店であった。

三千代は、別に世辞がよいわけでもなく、老婆のお安が、

「よっていらっしゃいまし。酒もございます、饅頭もございます」

と、道行く人びとに声をかけるようなこともせぬ。

ただ、前掛けをかけ、店先に出ているだけなのだが、女ざかりの美しい三千代の人品《じんぴん》のよい顔だちや姿を見ると、旅人がふらふらと入って来てしまう。

いや、旅人のみか新宿に住む男たちまで、顔を見せるようになった。

民蔵夫婦は大よろこびだったし、お安もむりに立ちはたらかなくともすむ。

はたらいていても、別にたのしくはない三千代だったが、夢中ではたらいていれば、哀しみをまぎらわすことができた。

月に一度か二度、顔を見せる茂兵衛が、そうした三千代を見て、

「ま、もう少し、辛抱をなさいまし。いつまでも、こんなところにいなさらずともすむように、私もいろいろと考えておりますからね」

そういってくれた。

茂兵衛は、どうやら三千代が落ちついたらしいのを看《み》て取ってから、江戸へはたらきに出て行った。

「江戸の、どこにおいでになるのです？」

三千代が尋ねると、

「いえ、いまのところは片手間の仕事なので大したことはございません。近いうちに、何とか落ちつく先を見つけますから……」

茂兵衛は、はっきりしたこたえをしなかった。

若いときから、さまざまな暮しをしてきたらしい茂兵衛は、諸方に知り合いもあり、顔がひろいらしい。

こうして、新しい年が明けた。

茶店の客あつかいにも慣れてきたし、三千代は老夫婦の冗談に合わせ、笑顔を見せるようにもなった。

春から夏へ……。

またたく間に、日が過ぎ去って行く。

月日のながれが、このように呆気《あっけ》ないものかと、三千代が茂兵衛に洩らしたら、

「それは、お前さまが大人におなりなすったのでございましょう」

茂兵衛は、笑って、

「近いうちに、私も落ちつく場所が見つかりそうでございますよ」

といった。

(それにしても……)

つくづくと三千代はおもう。

愛する男たちは、つぎつぎに(といっても二人だけだが)殺害されてしまい、女ひとりが心細く世間の中へ出て行くたびに、危難がふりかかる。

すると、そのたびごとに、三千代へ救いの手が差しのべられるのであった。

このごろの三千代は、

(私は運の強い女ではないのだけれど、これはきっと、生きられるだけは生きてみよと、神仏がお告げになっているのやも知れぬ……)

などと、おもうこともある。

梅雨が明けると、たちまちに夏の盛りとなった。

目がくらむような青空に、白い雲が湧き立ち、この夏の暑さはきびしかった。

三浦芳之助が殺害されてから、

(もう、三年になる……)

とはおもえぬ三千代であった。

あの異変は、十年も十五年も、むかしのことのようにおもえてならない。

ところで……。

近藤虎次郎は、新宿からわずかに一里半の松戸に、いまも暮しつづけていたのだ。

松戸の山倉道場で山倉庄五郎と共に種々雑多《しゅじゅざった》な門人たちへ稽古をつけながら、

「ま、当分は、のんびりとしていなさるがいい」

山倉の親切な言葉にあまえている。

近藤は、あれから一度も松戸を離れなかった。

江戸の様子は、井伊家の川村弥兵衛が手紙で知らせてくれる。

三千代の行方は依然としてわからぬが、亡き加藤平十郎の門人たちが近藤の行方を探っている様子もなく、加藤道場は先ごろ、取り壊されてしまったという。

川村弥兵衛は、近藤が加藤平十郎を斬って江戸を立ち退いたことを、井伊家の重役たちへ、まだ告げてはいない。

いずれにせよ、加藤平十郎の死は、

「有耶無耶《うやむや》のうちに、ほうむられた……」

と、いってよい。

川村弥兵衛は、

(このぶんならば、大丈夫……)

そうおもいはじめている。

近藤虎次郎の将来についても、

(まだまだ、これからじゃ)

近藤に名前を変えさせ、新しい人生を歩ませることも考えてみぬではない。

(それには、どうしたらよいか?)

川村と同じようなことを、山倉庄五郎も考えていて、

「おれの義弟ということにしてもよいではないか。そうして名を変えて、生まれ変ったつもりになってみてはどうだ?」

などと、近藤にいったりする。

山倉も、近藤同様に、まだ独身《ひとりみ》であった。

「それもよいな」

「そうしろ。それがよいにきまっている」

松戸には祖父の代から住み暮してきただけに、山倉庄五郎は顔がきいている。

この土地で、名を変えた近藤虎次郎の新しい人別《にんべつ》(戸籍のようなもの)をつくることも、

「引き受けてよい」

と、いってくれるのだ。

(そうしてもらおうか……)

ちかごろの近藤は、そうおもいはじめており、そのうちに川村弥兵衛へも相談してみるつもりになってきていた。

そうした或日。

江戸から、川村弥兵衛の手紙が届いた。

川村は、

「木村又右衛門殿が、江戸へもどられた……」

ことを、告げてよこしたのだ。

近藤は、松戸へ身を移すにあたり、木村道場を時折、見廻っていただきたいと、たのんでおいたのである。

そこで川村が、二月《ふた》に一度ほど、非番《ひばん》の日に小梅へおもむき、木村道場の様子に気をつけていてくれた。

梅雨の間は小梅へも出かけなかったが、先ごろ、久しぶりで様子を見に行くと、道場の稽古に活気がみなぎっているではないか。

稽古する門人の数も、この前に覗《のぞ》いたときとは、くらべものにならぬほど増えている。

そして、門人たちへ稽古をつけている五十がらみの男が、近藤から聞いていた木村又右衛門の風貌にそっくりであった。

そこで川村は、竪川沿いの道にある煮売り酒屋へ入っていった。

その煮売り屋のあるじ夫婦が、木村又右衛門の身のまわりの世話や食事の世話もしていたことを、川村弥兵衛は近藤から耳にしている。

先ず、酒をたのみ、

「木村先生が、もどられたようじゃな？」

さりげなく女房にはなしかけると、

「はい。半月ほど前に、お帰りになりましてねえ」

「さようか」

「木村先生を、御存知なんでございますか？」

「いや、わしの知り合いが存じていてな」

「まあ、さようで……」

女房は酌をしながら、気さくな川村弥兵衛の態度にこころをゆるしたものか、

「実は、去年の春、木村先生の留守中に、とんでもない事件《こと》が起りましてねえ」

「そうじゃと、な……」

女房は、行方知れずになった近藤虎次郎へも、

「いい先生でございましたがねえ……」

と、好意をもっていたようである。

そのときの女房のはなしによっても、去年の事件が尾を引いていないことが、よくわかった。

町奉行所の調べも、いまは、すっかり打ち絶えている。土地《ところ》の御用聞きなども忘れてしまっているらしい。

川村弥兵衛の手紙を読み終えた近藤虎次郎は、

(よし。木村道場へまいろう)

と、決意をした。

木村又右衛門に対して、あのときの不始末を、

(何としても詫びねばならぬ)

かねてから、そうおもっていたことだ。

手紙を送ってもよいのだが、川村の手紙によれば、

(江戸の地を踏んでも大丈夫……)

のように、おもわれる。

むろん、日中に木村を訪ねるわけにはまいらぬ。

夜に入ってから、小梅の道場へ行き、木村又右衛門がひとりでいるのを見とどけてか

ら入って行けばよい。

木村は、近藤の事情をよくわきまえていてくれるから、別に怒っているわけもないであろうが、何といっても、道場の留守居と門人たちへの稽古をたのまれていながら、無断で突然に行方知れずとなってしまったことは、

(申しわけない……)

あれ以来、いまでも近藤は気にかかってならなかったのだ。

近藤は、その夜、山倉庄五郎へ川村の手紙を読ませ、

「いかがなものかな?」

「木村道場へ行くつもりか?」

「うむ」

「これならもう、大丈夫だろうよ」

その日の午後。

近藤虎次郎は、松戸の山倉道場を出て江戸へ向った。

松戸から、小梅の木村道場までは約五里ほどだ。

近藤が松戸を出たのは九ツ半(午後一時)ごろであったから、ゆっくりと歩を運んで行けば、木村道場へ到着するころには夜となろう。

そして一夜を木村又右衛門と語り合い、翌朝、まだ暗いうちに道場を出て、松戸へ引

き返してくればよい。

近藤虎次郎は、灰色の麻《あさ》の単衣《ひとえ》を着て、わざと袴《はかま》をつけぬ腰へ両刀を帯し、菅笠《すげがさ》をかぶって日ざしを避けつつ歩む。

笠をかぶっているのは、顔を見られぬためでもあった。

近藤が新宿へさしかかったのは、約一刻（二時間）ほど後のことである。

新宿の茶店では、今朝から、また急にお安のぐあいが悪くなり、寝込んでしまった。

で、近藤が新宿へあらわれたとき、三千代は奥にいて、お安へ薬湯をのませていた。

近藤は、茶店の前まで来て、

（まだ早い。休んで行こうか……）

喉もかわいていることだし、

（ちょうどよい）

笠をぬいで、茶店へ入った。

「いらっしゃいまし」

老亭主の民蔵が、近藤を迎えた。

ほかに客はいない。

「茶をたのむ」

「へい、へい。ほかに、白玉がよく冷えておりますが……」

「さようか。もらおう」

近藤は奥に背中を向け、土間の縁台《えんだい》へ腰をかけた。

店から奥の方は、障子が閉めてあって、まったく見えぬ。

今日も、よく晴れていた。

白い雲が空に湧きたち、炎天の下の道は白くかわいている。

「お待遠さまで……」

民蔵が、茶と白玉を運んで来た。

糯米《もちごめ》の粉を寒晒《かんざらし》にしたものを水で捏《こ》ねて小さくまるめ、これを熱湯で茹《ゆ》でて冷水に放《はな》つと白玉ができあがる。

茶店の白玉は、三千代がこしらえたものだ。

裏の井戸水で、よく冷やしておいた白玉を小皿に取り、砂糖をふりかけて客へ出す。

何ということもないが、白くて可愛らしく、なめらかな舌ざわりだし、夏の茶の相手には何よりといってよい。

「うむ……」

近藤は白玉を口へ入れて、ひとり、うなずいた。

うまかったのであろう。

何も知らずに近藤虎次郎は、三千代の手でつくられた白玉を食べている。

障子の向うの部屋と簾《すだれ》をへだてた奥の小部屋に、茶店の老婆の看病をしている三千代がいようとは、夢にも思わぬことだ。

また、三千代にしても同様であった。

店へ客が入って来たらしいことは、年とっても元気な民蔵の声でわかった。

客の声は低すぎて、三千代の耳へとどかなかった。

薬湯をのみ終えたお安へ、三千代が、

「少しは楽になりましたか？」

「はい、どうやら……」

新宿に住む医者の川上仙庵《かわかみせんあん》が、先程、診察に来てくれて、

「暑さにまいったのじゃろ。なあに、心配はいらぬよ」

と、いってくれたものだから、お安は、いくらか元気が出てきたらしい。

また、新しい客が店へ入って来たようだ。

二人づれらしい。

三千代は、店へ出ようとおもい、お安の枕元から腰をあげた。

このとき、近藤虎次郎は白玉を食べ終え、土瓶の茶を茶わんへいれようとしていた。

「あの、ちょいと店へ……」

いいさした三千代へ、お安がうなずいた。

見ると、お安は横向きに寝た右腕を、左の手で揉《も》むようにしている。

「どうなさいました？」

「いんえ、別に……」

「痛むのですか？」

「いんや、すこし、懈《だる》いような……」

簾の向うへ出て行きかけた三千代が、

「それは、いけませぬ」

お安の傍へもどり、その右腕をしずかに揉んでやりはじめた。

まだ、近藤は茶をのんでいた。

茶店の裏の木立で、蟬《せみ》が鳴き頻《しき》っている。

三千代に右腕を揉まれつつ、仰向けになったお安は、ここちよさそうに目を閉じた。

店へ入ってきたのは、旅の夫婦者らしい。

しばらく腕を揉んでやっていると、お安が寝息をたてはじめた。

店で、民蔵の声がしている。

三千代は、お安からはなれて、簾の向うの部屋へ出て行った。

そのとき、近藤虎次郎が勘定の銭を盆の上へ置き、民蔵へうなずいて見せ、立ちあがった。

「ありがとう存じます」

その民蔵の声を聞いてから、三千代は、店との境になっている障子を開けた。

そのとき、三千代の目に入ったのは、いましも茶店を出て行く侍の後姿であった。

すでに侍は菅笠をかぶっており、店先をすっと左へ消え去った。

まさかに、これが近藤虎次郎とは気づかなかったし、それに三千代は、

（御浪人らしい……）

と、見たのみだ。

同じような浪人は、これまでに、

「数えきれぬほど……」

この茶店の客となっている。

もし、一瞬早く三千代が障子を開けるか、または近藤が一瞬遅く店を出ようとしたら、たがいにそれと気づいたろう。

近藤は、中川を渡し舟でわたり、千住の方へ歩みはじめた。

新宿から千住までは一里二十七町で、これをゆっくりと歩むうち、口はかたむき、涼《すず》風《かぜ》が立ってきた。

千住は、江戸四宿《ししゅく》の一で、江戸より奥州《おうしゅう》・日光街道などへの第一駅であって、江戸開府以来、宿駅としての発展も早かった。

荒川へ架かる千住大橋より江戸の方を〔小千住《こせんじゅ》〕といい、橋のこちら側を〔大千住〕とよぶ。

軒をつらねる旅籠《はたご》の中には、飯盛女《めしもり》（娼婦）をおいている食売旅籠が五十をこえ、

「千住女郎衆」

の名は高い。

近藤虎次郎が大千住へ入ったとき、向うから六十がらみの老人がやって来て、近藤の右側を通りぬけて行った。

近藤が、何ということなしに目をひかれたのは、その老人を、

（徒者《ただもの》ではない……）

と、看たからであろう。

しかし、悪い意味でのことではない。

近藤と同じような麻の単衣の上から夏羽織をつけ、軽衫《かるさん》ふうの袴に両刀を帯し、竹の杖を手にした老人の気品に、近藤は打たれた。

着物も羽織も筒袖で、小さな荷物を肩に背負い、すっきりと背すじを伸ばして歩む姿を一目見て、

（この老人は、武芸のたしなみが深いに相違ない）

さすがに、近藤は笠の内から看破したのである。

老人は、近藤を一瞥《いちべつ》もせぬまま、遠ざかって行く。

この老人、堀本伯道《ほりもとはくどう》であった。

(立派な御老人だ。いったい、何処の何といわれるお人か?)

こころをひかれて、近藤虎次郎は振り向き、遠ざかる堀本伯道の後姿を見送った。

それからまた、歩み出した。

近藤は、

(まだ、早い)

と、おもったらしく、大千住の蕎麦屋へ入り、酒をのみながら時間《とき》をすごした。

一方、堀本伯道は新宿《にいじゆく》の方へ向って歩みつづけていた。

今日の伯道は、一人きりで旅をしている。

笠はかぶらず、茶筅《ちやせん》にゆいあげた髪は雪のごとく白い。

三年前に、三千代が出合ったときの堀本伯道は、腰に白柄《しらつか》の短刀一つ帯びていたのみであったが、いまこうして両刀を腰に歩む姿を見ると、これが医者だとはおもえぬ。

伯道が中川の渡し舟へ乗ったころ、すでに日は沈んでいたが、そこは夏のことだ。

夕闇は、まだ微《かす》かに明るみをたたえている。

四人の客と共に渡し舟で中川を渡った堀本伯道が、三千代のいる茶店の前へさしかかった。

茶店は、まだ戸を閉ざしていない。

時刻が時刻だし、客の姿はなかったが、亭主の民蔵が店先へ出て、

「寄っていらっしゃいまし」

渡し舟から下りてきた人びとへ声をかけた。

このとき、三千代は裏で夕餉の仕度にかかっていた。

そして堀本伯道は、茶店の前を行きすぎ、新宿の宿場町へ入った。

千住とはちがって、新宿の町なみは小さい。

その中にある藤屋《ふじや》という小さな旅籠へ、伯道は入って行った。

「まあ、まあ、これは、これは……」

主人《あるじ》の源左衛門《げんざえもん》が飛び出して来て、

「お久しゅうございますなあ、堀本先生」

「おお。変りはないか」

「おかげさまをもちまして」

「それは何より」

女中や番頭が寄ってたかって、伯道の足を洗ったり、荷物を受け取ったりしている。

この旅籠でも、堀本伯道の人望《じんぼう》は大したものらしい。

「此処へ泊るのは、三年ぶりかの」

「いいえ、四年ぶりでございますよ」

「ほ。そうなるか……」

「早いものでございますねえ」

「早い、早い。わけもなく月日のながれは早いわえ」

堀本伯道は、あるじの源左衛門が、

「あいにくと、奥の間がふさがっておりまして……」

申しわけなさそうにいうのへ、

「何の、かまわぬ」

「では、こちらへ……」

伯道は、街道に面した二階の部屋へ案内をされた。

ここも、次の間つきのよい部屋なのである。

「おお、これはよい」

あるじが開け放った窓の障子から、冷《ひ》んやりとした風がながれ込んでくるのへ、伯道は目を細めた。

「明日は、お早いのでございますか？」

「なに、ゆるりとでよい」

「江戸へ、おいでなさるので？」

「いや、久しぶりにて故郷《くに》へもどるのじゃ」

「さようでございましたか。今日はお供もなしでございますな」

「後から来る。明日か明後日には追いついて来よう」

「それならば、いっそ、明日もお泊りになってはいかがでございます」

「そうじゃな。それもよい」

「ぜひ、そうなすって下さいまし。お願いでございます」

「む。考えておこう」

伯道は、夕餉をすませたのち、あらためてあるじの源左衛門をよび、酒を酌みかわしつつ、四方山《よもやま》のはなしにふけった。

そのころ……。

近藤虎次郎は、ようやく、小梅の木村道場の裏手へ姿をあらわした。

さすがに、なつかしかった。

母屋には、灯りが入っている。

近藤は垣根を越えて、台所口へ近寄った。台所の戸は、夏のことで開け放したままになっている。

台所口へ佇《たたず》み、近藤はあたりを見まわしている。

あの夜、襲いかかった剣客らしい男との闘いが、まざまざと胸に浮かんでくるのはぜひもないことだ。

深いためいきを吐いてから、足音を忍ばせ、台所の土間へ入った。

母屋の、前に近藤が寝ていた部屋で、木村又右衛門は酒をのんでいるらしい。

ほかに、だれもいないようだ。

近藤が身をうごかしたとき、

「だれだ？」

木村の声がした。

その声も、なつかしかった。

「だれだ、そこにいるのは……」

奥から、木村又右衛門が半身を見せ、

「や、近藤ではないか……」

「はい」

「来たか……いや、かならず来るとおもっていたぞ」

「ほかに、人は……？」

「大丈夫だ。さ、あがれ。早く、あがってくれ」

土間へ下りて来た木村又右衛門が、近藤虎次郎の背を押しやるようにしてから、台所の戸を閉めた。

その前に、外の闇の気配をうかがうことも木村は忘れない。

「よく、来てくれたな、近藤」

部屋の障子を半分ほど閉ざした木村が、

「江戸にいたのではあるまいな？」

「松戸に潜《ひそ》んでおりました」

「松戸……」

いいさして、はたと膝《ひざ》を打った木村が、

「そうか、山倉庄五郎の道場にか？」

「はい」

木村又右衛門も、京都郊外の駒井孫九郎の道場で、山倉庄五郎を見知っている。稽古をつけてやったこともあるし、その山倉が、いまは松戸に道場を構えていることを耳にはさんでもいたのだが、

「そうか、わしとしたことが……」

木村は、近藤が山倉の道場へ隠れたことに推測がおよばなかった自分を恥じた。

「わしも、どうかしているわい。おぬしと山倉とは駒井道場で、旧知の間柄だったことが、つい念頭に浮かばなかった」

「いいえ、私も一時は、何処へ身を落ちつけたらよいかとおもったほどなのです」

「ま、ゆるしてくれい。こんなことだったら、早く、わしのほうから松戸へ訪ねて行くのだったものを」

「とんでもないことです」

近藤虎次郎は、かたちをあらため、両手をついた。

「木村先生。御留守をうけたまわりながら、あのような不始末を仕出かしまして、申しわけの仕様もありませぬ。どうか、おゆるし下さい」

「剣客どうしではないか。何のことだ。近藤、気にするな。さしたることではない」

「そのようにいっていただきますと……」

「門人たちから、当時の様子は聞いた。相手は入谷田圃《いりやたんぼ》の近くに、道場を構えていた加藤平十郎という男らしいな」

「加藤、平十郎……」

「知らなんだのか」

「はい」

「加藤の門人たちが、此処へも来たというぞ」

加藤平十郎を斬って、そのまま、すぐに逃げた近藤虎次郎だけに、その後のことは何も知らぬ。

死体の、肌につけた伊勢大神宮の守袋の中に、加藤平十郎の姓名と住処をしたためた

小さな名札が、

「あったそうな」

と、木村又右衛門から聞いて、

「私としたことが……」

今度は、近藤が恥じた。

特殊な事情があるだけに、近藤虎次郎は自分の肌身に名札をつけていない。

だが、よくよく考えてみれば、

（あのとき、一応は死体を調べて見るのだった）

このことであった。

「そこでな、近藤……」

いいさして、木村又右衛門が近藤の盃へ酒をみたしてやり、

「ま、のめ」

「はい」

「先ごろ、わしが江戸へもどってからのことじゃが、様子を耳にしたので、その加藤道場へ出かけて見た」

「はあ……」

「道場は戸が閉ざされていて、門人の姿もなかった。そこで、近くに住む人びとに聞い

てみると、加藤平十郎が死んだころ、あの道場には若い女が共に住み暮していたそうな」

「若い女……」

「さよう。近辺の人びとの目にふれただけのことで、それが、どのような女か、だれも知らなんだが……」

近藤の彦根出奔の事情を知っているだけに、木村は考え深い目の色になっていた。

「近藤。その女は、もしや、おぬしが手にかけた三浦芳之助とやらの妻女だったのではあるまいか。そこで加藤平十郎が、助太刀を買って出たのでは……」

「なれど、私を襲うたのは、その加藤一人《いちにん》でした。女などは……」

「ふうむ……」

しかし、三千代に代って、自分を討ちに来たとも考えられる。

あり得ることだ。

三千代が来たところで、足手まといになるだけである。

「それにしても、わしが江戸へもどったと、よくわかったな」

「もう、おもどりのころかとおもいまして……」

と、近藤は、川村弥兵衛が知らせてくれたことにふれなかった。ふれてもふれなくとも、これは同じことなのだ。

「加藤平十郎の一件は、お上の手から、もはや離れたものと看てよいだろう」

「は……」

「ともかくも、しばらくは松戸にいるがよい。つぎからは、わしのほうから訪ねよう」

木村又右衛門は、近藤虎次郎が名前を変えることについて、

「それはよい」

手を打ってよろこび、

「山倉庄五郎の肝煎《きもい》りで、そのようなことができるのなら、何よりのことではないか」

「先生も、さようにおもわれますか？」

「そうするがよい。迷うことはあるまい。生まれ変るのだ。な……」

「さようですな」

「そうだとも」

「では、山倉にたのみまして」

と、近藤は何やら、明るい気持ちになってきた。

（やはり、木村先生をお訪ねしてよかった……）

このことである。

以前もそうだったが、木村又右衛門という孤独な剣客に会い、その笑顔と声に接するとき、近藤はいつも元気がよみがえってくる。

「どうだ、近藤。おぬし、ささやかながらも道場の主になってみる気はないか？」

「山倉も、そういってくれます」

「そうか。これで、なかなかよいものだぞ。大名家や大身の旗本を相手にする大きな道場ともなれば、いろいろと面倒くさいが、小さければ小さいほどよい。いまどきの侍の子弟よりも、町人や百姓の若い者のほうに元気もあるし、根気もある。こういう連中に剣術を教えるほうが、むしろ、やり甲斐もあるのだ」

「はあ……」

「今度、諸方を旅してみて、つくづくとそうおもったのだが……。いつまでも、いまの世の中がつづくとはおもえぬ。どのように変るか、それはわからぬが、いまにきっと、身分などにとらわれず、町人も百姓も侍たちの世界へ入って来て、さまざまにはたらくようになるのではないか……」

「ははあ……」

「どうも、そんな気がしてならぬよ。上は将軍家から大名、旗本にいたるまで、ほとんど精気を失っている。生き生きとうごいているのは、別の人間たちばかりだ」

いつになく、木村の声が熱してきている。

「この道場を、おぬしへゆずりわたしてもよいのだが……」

「いえ、それは……」

「あの事件《こと》さえなければなあ」

木村は残念そうに、盃の酒をのみほし、

「さ、もっと、のまぬか」

「いただきます」

「江戸から離れた土地のほうが、むしろ、よいかも知れぬ。小さくとも道場を、な……」

親身な木村又右衛門の声に、近藤は、胸が熱くなった。

翌朝。

空が白みかけるや、近藤虎次郎は木村道場を出た。

いまは、やはり、稽古にあらわれる門人たちの目を避けねばならぬ。

近藤と木村又右衛門は、ほとんど眠らずに語りあかしたといってよい。

「このようにして帰すのは、こころ残りだが……」

と、いいさして、木村が、

「涼風が立ったら、今度は、わしが松戸へ行こう」

「いえ、そのような御面倒をおかけしましては……」

「何の。わしも久しぶりにて、山倉庄五郎の顔を見たい」

「山倉も、そのように申しておりました。昨日も、いっしょについて行こうなどと、いっておりまして……」

「さようか。会いたいな」

「その先生の御言葉を聞きましたなら、山倉は、さぞ、よろこびましょう」

「よろしゅうな」

「はい。先生にも」

「うむ、うむ……」

まだ暁闇《ぎょうあん》がただよっている裏の道を去って行く近藤虎次郎を、木村又右衛門は、いつまでも見送っていた。

朝の日が昇りきったとき、近藤は早くも千住大橋をわたり、千住宿を通過していた。

これで、江戸府内から出たことになる。

そして、中川の渡しへさしかかった近藤は、川の手前の茶店へ入った。

川を渡った向うの茶店には、三千代がいる。

(そうだ。昨日、向うの茶店で出した冷たい白玉はうまかったな)

ふと、おもい出したが、すでに近藤は、こちらの茶店へ足を踏み入れてしまっていた。

「いらっしゃいまし」

出て来た小女へ、

「白玉なぞはあるか?」

「あいにくで……」

「では、そうだな……にぎり飯でも何でもよい。何か腹へ入れるものをたのむ」

「あーい」

客は、一人もいない。

近藤は、土間の奥の縁台へ腰をおろした。

土間を突き抜けた裏手は、こんもりとした木立になっていた。

ながれ込んでくる微風が冷たく、こころよかった。

木村道場を出るとき、

「飯を食べて行かぬか?」

と、すすめられたが、そのときは、夜通し飲みつづけていた酒の所為《せい》もあって食欲もなかった。

だが、約二里半の道を歩いて来て、近藤は、にわかに空腹をおぼえたのである。

茄子《なす》の味噌汁に胡瓜《きゆうり》の漬物。軽く焙《あぶ》った干魚などを、小女が盆にのせて運んできた。

こういうときの朝飯は、実に、うまいものだ。

近藤は、飯を三度もおかわりをしてしまった。

腹がくちくなると、急に、眠くなってきた。

近藤は小女に、こころづけをやり、

「裏の、あのあたりへ縁台を持って行ってよいか。ひとねむりしたいのだが……」

「へえ。かまいませんとも」

「では、勘定を先にしておこう」

「いんえ、後でけっこうですよう」

「忘れるといけない」

「あれ、まあ……」

勘定を払ってから、近藤は縁台を木蔭へ運び、一刻（二時間）ほどしたら、

「起してくれ」

と、小女にたのんだ。

縁台の上に寝て、胸から顔へかけて菅笠をのせ、目を閉じると、たちまちに近藤は寝入った。

そして、

「もし……もし……」

小女の声に目ざめると、木立で鳴きしきる蟬の声が耳へ入ってきた。

「おお、すまぬ」

「そろそろ、お昼ですよう」

「そうか……」

「あんまり、よく寝ていなさるので……」

「いや、ありがとう」

小女は親切に、井戸の水を桶に汲み、近藤の前へ持って来てくれた。

「や、ありがとう」

冷たい水で顔を洗い、手ぬぐいをしぼって頸すじや腕をふき、近藤はさっぱりとした気分となり、

「雑作《ぞうさ》をかけたな」

「また、おいでなさいまし」

「うむ、うむ」

中川へ出ると、ちょうど渡し舟が着いたところであった。

このとき、新宿の旅籠・藤屋源左衛門方の二階座敷で、堀本伯道は窓に寄り、外をながめている。

青空に、今日も白い雲が湧き立っていた。

伯道は、後から追いついて来る者を待つことにきめたらしい。

「お暑うございましょう」

声をかけながら、藤屋源左衛門があらわれた。

「お昼は、何にいたしましょうか？」

「そうじゃな。朝餉《あさげ》と同じように、また白粥《しらがゆ》がよい。朝の瓜《うり》の漬物はうまかった」

「先生は、粥がお好きでございますなあ」

「そもそも、躰によい」

「これはどうも、おそれ入りましてございます」

渡し舟で中川をこえた近藤虎次郎は、さわやかな顔色で、三千代がいる茶店の前へさしかかった。

このとき……。

茶店には五人の客がいた。

このうちの二人は、近藤と同じ舟で中川を渡って来た旅の者である。

茶店の奥の部屋では、新宿に住む医者の川上仙庵が、お安を診察しており、老亭主の民蔵が付きそっていた。

三千代は、店の土間の奥にある竈の向う側にいたが、新しく入って来た二人の客を見て、

「いらっしゃいまし」

竈をまわり、出て来た。

近藤が茶店の前を通り過ぎたのは、このときであった。

近藤は、ちらりと茶店の方を見やり、

(昨日の白玉は、うまかった……)

また、おもい出したが、いまは店へ入る気もなく通り過ぎた。

店の奥の竈の方に、茶店の女らしいのが見えたけれども、薄暗かったし、気にもとめなかった。

まさか、三千代がこのようなところにいるはずもないし、なればこそ尚更に、近藤の注意力は散漫《さんまん》になっていたのであろう。

ところが……。

三千代は見た。

通り過ぎる近藤虎次郎の横顔を見た。

新しい客を迎えて竈の向う側から出て来たとき、外の道へあらわれた人影を、これも店へ入って来るのではないかとおもい、目を向けた三千代が、

(あ……)

はっと立ち竦《すく》んだ。

(まさに、近藤虎次郎……)

ではないか。

近藤は、川向うの茶店を出たときから、菅笠を手にしたままであった。

風がよく吹きぬけていたし、一つには気のゆるみがなかったとはいえまい。

「何か、食べたいのだがね」

いいかける客を見向きもせず、三千代が店先の葦簀《よしず》の蔭へ身を寄せ、通りすぎた近藤の後姿に見入った。

近藤に間ちがいない。

近藤は、茶店の前を通り過ぎるや、おもいだしたように菅笠をかぶった。

これがもし、茶店へさしかかる前にかぶっていたなら、三千代が近藤だと気づいたかどうか、知れたものではない。

遠ざかる近藤虎次郎の後姿を睨み据えた三千代の顔に、見る見る血がのぼった。

三千代の両眼は、怨念《おんねん》と憎悪《ぞうお》に光り、唇を血が滲《にじ》むまでに嚙みしめた形相《ぎょうそう》を見て、何かいいかけた客が口を噤んだ。

(おのれ……)

近藤を討てるとはおもえぬ。

討てなくともよい。

近藤から返り討ちにされて、あの世からは怨みをかけるのだ。

頭に血がのぼりきっていたが、三千代は客に、

「ちょっと、お待ちを……」

辛うじていい、店の向うの部屋へ入った。

そこの戸棚を開け、行李《こうり》の中から、亡夫・三浦芳之助の形見となった備前勝光《びぜんかつみつ》の脇差《わきざし》

をつかみ出した。

これを手早く前掛けで包《くる》み、胸へ抱きかかえるようにして、

「あの、もし……」

三千代は奥の部屋の民蔵へ、

「ちょっと、店をおねがい申します」

声をかけ、また店先へ出て、客たちへ頭を下げてから、道へ出て行った。

民蔵が店へ出て来て、

(三千代さまは、どこへ?)

あたりを見まわしたが、客の注文の声に、

「へい、へい。ただいま」

仕度にかかった。

何か、手まわりの品物でも買いに行ったとおもったのだ。

これまでにも、そうしたことがなかったわけではない。

客も、三千代の様子を、

(妙な……?)

と、感じたのだろうが、まったく事情を知らぬので、別にさわぎたてることもなかった。

このとき……。

堀本伯道は、女中が白粥の昼餉を運んで来たので、

「今日も暑いのう」

声をかけながら、座敷へもどった。

その直後に、近藤虎次郎が藤屋の前の道を通り過ぎて行った。

したがって伯道は、近藤の姿を見ていない。

給仕にかかろうとする女中へ、

「よし、よし。わしにまかせておくがよい」

こういって、伯道は女中を去らせた。

そもそも、女に食事の給仕をされることを、堀本伯道は好まぬのである。

熱い白粥を半分ほど食べた伯道の額へ、汗がにじんできた。

伯道は汗をふこうとして、窓の手摺《てすり》へ掛けておいた手ぬぐいを取るため、腰をあげた。

そして、手ぬぐいを取ったとき、下の街道の向う側の軒下を行く女の横顔が目に入った。

「あ……」

おもわず伯道は、低い声をあげた。

(あの折の、三千代という女ではないか……)

三年前、堀本伯道に救われたとき、三千代は、

「くわしくは、申しあげられませぬが……」

前置きをして、

「私は、夫の敵を討ちに、江戸へまいるのでございます」

と、告げていた。

それに伯道は、江戸の神田・下白壁町へ到着した三千代について、源蔵から報告を受けている。

それきりで、伯道は三千代のことを忘れかけていたのだ。

源蔵とも、ここ二年ほどは会っていない。

三千代は正面に目を据え、何やら細長い包みを胸へ抱きしめ、まるで、

「われを忘れた……」

かのような足取りで、藤屋の前を通り過ぎて行った。

いまは顔面蒼白《がんめんそうはく》となり、口を引きむすんだ三千代の横顔を、

(尋常のものではない……)

と、堀本伯道は看て取った。

一瞬、伯道は、何かためらいを見せつつ考えていたようだが、すぐに決意したらしく、
脇差をつかんで帯へ差し込み、座敷を出た。

階下にあらわれた伯道へ、女中が、

「あれ、先生。お出かけでございますか?」

「ちょっと用事をおもい出してな。なに、すぐもどる。二階の膳は、そのままにしておくよう」

いい置いて、外へ出た。

主人の源左衛門の姿は見えなかった。

伯道は、ゆっくりと藤屋を出たが、すぐに急ぎ足となった。

このとき三千代は、新宿の宿場町を通り抜けている。

街道の彼方に、近藤虎次郎の後姿が見えてきた。

三千代は、勝光の脇差にかぶせていた前掛けを捨てた。

目眩《めくるめ》くような夏の日ざしに白くかわいた街道には、旅人の姿もなかった。

(おのれ、近藤虎次郎……)

足を速めつつ、三千代は勝光の柄《つか》に手をかけた。

近藤虎次郎が振り向いたのは、このときであった。

背後に近づく足音に、何気もなく振り向いた近藤であるが、

「あ……」

凄《すさ》まじい形相でせまって来る女が三千代と知って、

「み、三千代どの……」

愕然《がくぜん》となった。

つぎの瞬間、近藤は、あたりを見まわした。

街道に、人の姿は見えぬ。

近藤は、三千代へ、

「こちらへ、おいでなされ」

声をかけておいて、右手の松林の中へ走り込んだ。

そのうしろで、三千代が何か叫んだようだが、かまわずに近藤は松林の奥へ駆け入り、

(ここならば、人目につかぬ……)

と、見て、足をとどめた。

松の木蔭から、脇差を引き抜いた三千代が駆けあらわれた。

「三千代どの。先ず……」

近藤は右手をあげて制し、

「先ず、落ちつかれよ。申しあげたいことがある」

と、いった。

きくものではない。

いや、近藤の声など、三千代の耳へ入らなかったのやも知れぬ。

三千代の両眼は釣りあがり、足の運びがもつれるようになってきていた。

「三千代どの。待たれい」

三千代が何かいったが、言葉にならなかった。

喉《のど》が痛むように乾き、はじめて手にした脇差の切先《きっさき》を近藤に向けて、

「殺せ!!」

と、いった。

「夫の敵《かたき》……」

と、いったのではない。

「殺せ……こ、殺せ!!」

叫びつつ、三千代が脇差を突き入れた。

近藤は、身を躱《かわ》しもしなかった。

三千代にしてみれば、精一杯、憎い男の胸元めがけて刃《やいば》を突き入れたつもりなのだが、その切先は、近藤の胸元から三尺もはなれていたのだ。

しかも、足が出ない。

足が出ないで、手だけが出ているのだから、まったく間合いがとれていないことになる。

「こ、殺せ」

尚も脇差を振りまわす三千代へ、すっと身を寄せた近藤が、

「落ちつきなされ」

と、三千代の腕を押え、脇差を奪い取った。

「あっ……な、何をする」

叫ぶ三千代の口を、脇差を放り捨てた近藤の手が押えた。

近藤虎次郎の両腕に抱え込まれると、三千代は、もう身うごきもならなかった。

近藤は、あたりを見まわした。

ほかに人影はない。

松林の中に、蟬《せみ》が鳴きこめているのみであった。

「三千代どの。先ず、お聞きなされ」

「う、むう……」

「私が申すことを聞いたのち、尚も、私を討つと申されるなら、討たれましょう」

踠《もが》く三千代を押えこむようにして、近藤は草の上へ片膝《かたひざ》をついた。

「討たれてもよい。私も、さして、この世に生きていたいともおもわぬ。なれど、いま少し、自分の剣の道を深くきわめてみたいとおもっているのです」

「う、うう……」

「だが、三千代どのに討たれるのなら、……討たれてもよいと……しかし、このまま黙

って討たれたのでは、いかにも私が、人非人《にんぴにん》になってしまいます」

三千代の単衣《ひとえ》の襟《えり》もとが開《はだ》け、乳房の上部のふくらみが、激しく波打っている。

近藤は、目を逸らせた。

女の髪油のにおいと、汗みずくになっている躰のにおいとが、近藤の鼻腔へ押し寄せてくる。

落ちつこうと努めながらも、近藤は胸がさわぐのを、どうしようもない。

けれども、三千代へ怪《け》しからぬふるまいをするつもりは、いささかもなかった。

「は、放せ……」

顔を振った三千代が、また叫びかけた。

「しずかに……しずかになされ」

近藤は、また三千代の口を押え、自分の股の間へ三千代をはさみこむかたちとなり、しっかりと押え込みながら、

「先ず、お聞きなされ……」

三千代は、ぐったりとなった。

もう、うごけぬらしい。

近藤を追って此処まで来て、はじめて刀を手にして斬りかかったことだけでも、三千代にとっては、実に、

（破天荒《はてんこう》の事……）

と、いってよい。

心身のちからが、限度にきている。

その上、口を押えられているだけに息苦しく、

（あ……もう、いけない。死ぬ……死ぬ……）

われながら恐ろしいばかりの鼓動の激しさに、心ノ臓が打ち破れるかとおもった。

近藤が、三千代の耳朶へ口をつけた。

どうしても、そういう姿勢にならざるを得ない。

近藤にしても、大声を立てるわけにはまいらぬ。

「三千代どの。実は……」

近藤が、いいかけたときであった。

堀本伯道が足音もなく、背後の木蔭からあらわれた。

伯道は、三千代を探して街道を小走りに来たが、姿は見えぬ。

（もしや、此処に……？）

松林の中へ入って行くと、揉み合う人の気配がし、男の声がきこえたようだ。

そこで、手ごろな石塊《いしくれ》を一つ拾《ひろ》ってから、伯道は松林の奥へ踏み込んで行ったのである。

伯道は、尚も足音を忍ばせつつ接近した。

木蔭から見ると、浪人ふうの男が三千代を抱きしめ、顔を押しつけるようにしているではないか。

(やれやれ、またも、あの女が手ごめにされようとしているわえ)

ふと見ると、彼方の草の上に脇差が落ちている。

ここにいたって伯道は、

(もしやすると、三千代は夫の敵を見つけたのではないか……)

と、直感した。

そこで、木蔭からあらわれた伯道は、手にした石塊を、近藤の後頭部めがけて投げつけた。

「あっ……」

これは、近藤にとって、おもいもかけぬ強襲、奇襲であった。

みごとに石塊が頭へ当り、一瞬、目が暗《くら》んだけれども、そこは近藤虎次郎だけに、三千代から躰を離し、左手へ身を投げるように飛び退いた。

そのとき、早くも堀本伯道が一陣の風のごとく走りかかって、

「む!!」

腰の脇差を抜き打った。

伯道の一刀は、近藤の額から鼻すじに沿って切り裂き、血がしぶいた。

「あ……」

決定的な一撃ではない。

傷を受けた近藤は、必死に飛び退き、大刀を抜きはらった。

「あっ……」

伯道に気づいた三千代が、驚愕《きようがく》し、

「堀本様……」

「こやつは何者じゃ？」

「夫の……亡き夫の敵……」

「やはり、そうか」

近藤虎次郎は、頭部を石塊で撃たれ、額から顔面にかけて傷を負ったので、

（これまでだ）

必死に逃げようとした。

したが、頭がしびれている上に、顔面の激痛で足許がもつれ、よろめいた。

そこへ、堀本伯道が走り寄り、

「覚悟」

一声かけるや否や、近藤の頸すじの急所へ斬りつけた。

振り向いた近藤が大刀を構えかけたが、間に合わぬ。

伯道は二、三歩退いて、脇差を懐紙でぬぐい、鞘におさめつつ、しずかに近藤を見まもっている。

棒立ちになった近藤虎次郎の手から、大刀が落ちた。

近藤の両眼は大きく見ひらかれていたが、目の前に立つ堀本伯道を、昨日、千住の宿場で見かけたとき、

（徒者《ただもの》でない……）

看て取った老人だと気づいたか、どうか。

いや、わからなかったろう。

眼は見ひらかれていても、すでに視力はなかったし、額からふき出す血汐が汗とまじり合い、近藤の顔を濡らしていた。

三千代は、この場の光景を、

（とても、信じられぬ……）

といった面もちで、茫然《ぼうぜん》と草の上へ坐ったまま、近藤を見つめている。

近藤の口が、すこし、うごいた。

うごいたとおもったとき、その躰が、ぐらりと揺らぎ、板戸でも倒したかのように転倒した。

「とどめを入れるがよい」

と、伯道がいい、落ちていた脇差を拾いあげ、三千代の手につかませ、

「さ、まいられよ」

三千代を抱えるようにして、俯《うつぶ》せに倒れている近藤虎次郎の死体の傍へ連れて来ると、

「かたちだけでよかろう」

三千代の手をつかみ、脇差を近藤の襟のあたりへつけた。

「これで、よし」

「……」

「めでたく、本懐《ほんかい》を遂《と》げられたのう」

「は……」

まだ、三千代は半ば虚脱《きよだつ》していたようだ。

「なれど、三千代どの場合、この敵討ちを届け出るわけにもまいるまい」

堀本伯道は、近藤の死体を見おろしつつ、何やら考えている。

堀本伯道が、新宿の旅籠・藤屋へもどって来たのは、それから一刻(二時間)ほど後のことであった。

「いったい、何処へ行っておいでになったのでございます?」

あるじの源左衛門が、奥から飛び出して来た。

女中たちも、あまりに伯道の帰りが遅いので、心配しはじめ、

「先生にかぎって、間ちがいはないとおもうが……」

源左衛門も、不安になってきたところへ、伯道がもどって来たのである。

「いや、すまぬ。急に、おもいついたことがあってな」

「どちらへ？」

「いや、何……金町《かなまち》のあたりまで」

「さようでございましたか」

ときに、八ツ半（午後三時）をまわっていたろう。

「ときに、先刻の白粥はどうした？」

「もう、片づけてしまいました」

「出してくれ。腹をこしらえて、発たねばならぬ」

「これからでございますか？」

「うむ。なれど、二、三日のうちにはもどって来る。わしの留守に、供の者が追いついて来たなら、此処で待つように申してくれ。手紙を書いておくゆえ……」

「はい。それでは……」

粥は始末をしてしまったらしく、やがて早目の夕餉の膳が運ばれて来た。

「この手紙を、わたしてもらいたい」

「かしこまりました」

腹ごしらえをすました堀本伯道は、来たときと同じような旅姿で、藤屋を出て行った。

藤屋源左衛門と女中たちは、伯道が江戸の方へではなく、松戸の方へ去る後姿を見送ったのである。

「あわただしいことじゃ」

「先生には、めずらしいことで」

新宿を出るまで、たしかに松戸の方へ向っていたのだが、それから先になると、街道に堀本伯道の姿を見ることはできなかった。

途中で、街道から傍へ逸れたのであろう。

藤屋のほうは、これですんだが、民蔵夫婦の茶店では、そのころ大さわぎになっていた。

三千代が行方不明になってしまった。

いかになんでも約二刻（四時間）も経過しているのに帰って来ないとなれば、当然のことだ。

民蔵は、布海苔問屋の下総屋ではたらいている長男の亥之吉へも知らせ、下総屋でも人を出してくれ、諸方を探しまわってくれたが、夜に入っても、ついに三千代の行方は知れなかった。

野《の》分《わき》

一夜のうちに、秋が走り寄って来た。
朝早く目ざめてみると、薄明の中に、えもいわれぬ涼気《りょうき》がただよっていて、
（あ……夏が終った……）
三千代にも、それがはっきりと感じられる。
昨夜は、めずらしく夢も見ることなく、ぐっすりと眠ることができたのである。
（今日は……今日は堀本伯道様が、おこしになるであろうか？）
毎日の目ざめに、先ず、おもうことはこの一事なのだ。
いま、三千代は江戸にいる。
此処は、湯島天神の社《やしろ》にも近い本郷・春木町の旅宿〔楠屋与兵衛《くすのきやよへえ》〕方である。
あれから、楠屋へ三千代を連れて来てくれたのは、ほかならぬ堀本伯道である。

いまさらながら、伯道の顔のひろいのに、三千代はおどろいたものだ。

あのときのことは、もう無我夢中であって、記憶もさだかではない。

一カ月余を経過したいまでも、自分の躰が自分のものではないような気がしている。

不安であった。

躰が宙に浮かんでいるようで、われながら、たよりなかった。

あのときは、堀本伯道がいうままにしたのみだ。

伯道は、先ず、近藤虎次郎の死体を松林の中の窪《くぼ》みの草の中へ引き入れ、隠すようにした。

それから、三千代が新宿の茶店に住み暮していることを聞き、

「何くわぬ顔をして、そこへもどるわけには、まいらぬか？」

と、尋ねた。

三千代は、懸命にかぶりを振った。

何も彼も知らぬ顔をして茶店へもどり、これまでと変らぬ態度でいられるだけの自信は、まったくない。

伯道は伯道で、また別の考えがあったらしく、しばらくは腕を組み、沈思していたようだが、

「よし」

意を決したらしく、

「わしに、ついてまいられよ」

と、先に立った。

松林をぬけて、また街道へ出た。

松林の中の異変を見た者は一人もいないらしい。

伯道は街道を横切り、畑の中の小道を歩み出した。

しばらく行くと、木立の中に、このあたりの鎮守《ちんじゅ》の社があった。

その木立の中へ三千代をいざなった伯道は「すぐにもどる」といい、藤屋へ引き返したのである。

伯道が引き返して来るまでの間に、三千代は乱れた髪や衣服をととのえたりしながら、気をしずめようとしたが、

(討った……近藤虎次郎を、堀本先生が討って下された……)

さすがに、その興奮は激しく、容易におさまりそうもない。

三千代は、小さな社へぬかずき、

(あなたの、お怨みを、はらしましてございます。どうか、安らかに……)

手を合わせているうちに、泪がふきこぼれてきた。

このとき、三千代が胸の内で、

だ。

「あなた……」

と、よびかけたのは、三浦芳之助よりも加藤平十郎へであったといってよい。

(これにて、三千代を、おゆるし下さいませ)

このことであった。

亡き夫の三浦芳之助へ対してなら、何も「ゆるしてくれ」と、詫びなくてもよいはずだ。

もどって来た堀本伯道は三千代をともない、村々をむすんでいる小道を迷うこともなくすすみ、あたりが暗くなるまでに平井《ひらい》の村へ着いた。

新宿の傍をながれる中川の下流に、平井村がある。

中川を越える渡し舟もあった。

中川をわたれば、江戸府内へ入って、すぐに亀戸《かめいど》となる。

昨日、近藤虎次郎が一夜をすごした木村又右衛門の道場にも程近い。

堀本伯道は、亀戸天満宮・門前の料理屋の二階へあがり、三千代に食事をさせ、自分は酒をのみながら、

「疲れていような?」

「いえ……」

「いますこし、辛抱ができるかの?」

「はい」

三千代は、ほとんど疲れをおぼえなかった。

心身の興奮が、まだ、さめなかったからであろう。

そして、われながら、

(堀本様の前で、はずかしい……)

と、おもいつつ、空腹にたまりかねて、膳の上の物を、すべて腹中へおさめてしまった。

そうした三千代を、凝《じっ》と見つめている堀本伯道の口辺《こうへん》へ、微《かす》かな苦笑がただよっていたことに三千代は気づいていたか、どうか……。

三千代の食事が終ると、伯道は何処かへ去ったが、間もなくもどって来て、

「さ、まいろう」

「はい」

料理屋の前に、町駕籠《まちかご》が待っていた。

伯道は三千代を駕籠に乗せ、自分は徒歩で付きそった。

こうして三千代は、本郷・春木町の楠屋与兵衛方へ送り込まれたのであった。

この楠屋という宿とも、堀本伯道は懇意らしい。

あるじの与兵衛が、

「これはこれは、よう、おこし下さいました」

飛びつくようにして、伯道を迎え入れた。

この夜は、

「疲れていよう。早く、やすむがよい」

伯道は、三千代が女中の案内で奥の離れ屋へ入るのを見送ったのみだ。

すぐに、三千代は湯殿へ案内をされた。

汗をながし、浴衣に着替えて離れ屋へもどると、すでに臥床がととのえられており、
それを見ると三千代は、もうたまらなくなり、身を横たえてしまった。

何を考える余地もあたえず、眠りが三千代を襲ってきた。

目がさめたのは、翌日の昼近かった。

はずかしさに飛び起きて見ると、間に合わせのものだけれども、三千代が身につけて
おかしくはない単衣《ひとえ》の着物や帯、下着などがそろえて置いてある。

身仕度を終え、臥床を片づけたとき、

「お目ざめでございますかな」

声をかけて、楠屋与兵衛が入って来た。

「は……」

三千代は、身をかたくした。

「よう、おやすみになれましたかな？」

あるじの与兵衛は六十がらみの、品のよい老人である。

口調《くちよう》が江戸のものではない。

三千代の耳にはなつかしい、上方のにおいが言葉づかいにただよっている。

「おもわず、寝すごしてしまいまして……」

「何の何の、御遠慮はいりませぬ」

「あの……あの、堀本様は？」

「今朝、お発ちになりましてございますよ」

「お発ちに？」

「はい」

三千代は、落胆した。

何という人であろう。

この前のときも、そうであった。

危難を救ってくれても、すぐに離れて行ってしまう堀本伯道が、三千代にはうらめしかった。

だが、

「伯道先生は、かならず、近いうちにおもどりなさるそうでございます。それまでは、くれぐれも、ここをうごかぬようにと、申されてでございました」

そういった与兵衛の言葉をたのみに、三千代は楠屋で暮しつづけてきたのだ。

この楠屋という宿屋の構えは小さいが、奥深い造りで、三千代の目にも上等の建築なのがよくわかった。

滞在の泊り客は、尾張から上方へかけての大きな商家の主人や家族、番頭などらしい。

一種の〔高級旅館〕なのであろう。

そして、泊り客がないときも、楠屋には毎夜のように客がある。

その客は、江戸に住む人びとであった。

つまり楠屋は、料理もよく、泊らなくとも酒宴をひらくことができるわけなのだ。

こうした店ゆえ、本郷の、このあたりで営業をしていられるのであろう。

客すじもよく、どこで酒宴をしているのかわからぬほど、しずかな客ばかりなのだ。

ここへ来て三日ほど後に、三千代は離れ屋から、母屋の二階の小座敷へ移された。

それは、離れ屋を使う客が多いからで、

「まことに、申しわけもないことでございますが……」

楠屋与兵衛が、三千代へ詫びた。

それから一カ月余の間に、三千代は何度も、

「何か、させて下さいませ」

「とんでもございません。あなたさまは、堀本先生からおあずかりした大切なお方でございます」

あるじは、承知してくれなかった。

そして、

「決して、外へお出になりませぬよう。そのように堀本様から申しつけられておりますゆえ」

と、念を入れた。

堀本伯道が、三千代のことを、どのように楠屋与兵衛へ語ったかは知らぬ。

しかし、人品のよい与兵衛の落ちついた物腰は、三千代を安心させてくれる。

(もしやして、このあるじどのは、むかし、御武家ではなかったか……?)

そのようにさえ、おもわれるほどだ。

楠屋の奉公人たちも、三千代を泊り客としてあつかっている。

それはありがたいのだが、外へも出られず、はたらくこともない明け暮れが、三千代にはたまらなくなってきはじめた。

「ほんとうに、堀本様は、また、こちらへお見えになるのでございましょうか?」

いつであったか、たまりかねた三千代が楠屋与兵衛へ尋ねたことがある。

「お見えになりますとも。あのお方は、いったん、口にお出しになったことを、おまもりにならぬようなお方ではございません」

楠屋与兵衛も、数年前、重病にかかった折、堀本伯道の治療によって快癒《かいゆ》したらしい。

「くわしくは存じませぬが、堀本先生は常陸《ひたち》の国の御出生《ごしゅっしょう》と聞いております」

と、与兵衛が三千代に、

「まことに、えらいお方でございましてな。諸方へ報謝宿《ほうしゃやど》を設《もう》け、貧しい人びとや病人を救うておいでになられますようで」

「報謝宿……?」

「はい」

報謝宿というのは、一種の〔無料宿泊所〕のようなものだという。

旅行の途中で発病したり、金がなくて放浪している人びとの面倒を無料で見る。

これは、諸方の篤志家《とくしか》がしていることで、堀本伯道もその一人ということになろう。

だが、伯道が設けた報謝宿は、

「二つや三つではございませんそうで」

と、楠屋与兵衛はいう。

伯道は、そうした報謝宿へ、自分と志を共にする番人を置き、放浪者の手に職をつけさせ、病癒えたのちの更生をはかることもしているそうな。

三千代は、堀本伯道の意外な一面を見たおもいがした。

名医ではあるが、

「気ままに旅行をたのしんでいる、風変りな老人……」

という印象を、三千代は受けていたにすぎない。

いつであったか、この楠屋へ泊り、あるじの与兵衛と酒を酌みかわしたとき、堀本伯道は、しみじみと、こういったそうな。

「わしは医術をおさめたがために、このような道を歩むことになってしもうた。金がないと、いまの世の中では医術も物をいわぬ。見す見す助けてやれる者も助けてやれぬことが多い。ことに山国の、寒い土地に暮す貧しい人びとを、な」

それでいて、楠屋与兵衛が、

「先生のお仕事に、役立てて下さいまし」

金を寄付しようとすると、

「かたじけないが、おもうところあって、いただくわけにはまいらぬ」

絶対に受け取らぬ。

「まことにもって御奇特《ごきとく》な、ふしぎなお方でございます」

と、楠屋与兵衛はいった。

三千代は、その夜、臥床へ入ってから、

(これより先、堀本先生のお仕事を手つだわせていただこう。どこの報謝宿でもよい。

住み込んで、貧しい人びとのためにはたらかせていただこう)

こころを決めた。

そのときから、三千代には新しい希望が生まれたといってよい。

いまは亡き加藤平十郎も、

(きっと、よろこんで下されよう)

そうおもった。

ふしぎに、亡夫の三浦芳之助のことは、あまり念頭に浮かんでこない。

芳之助のことを想うことはあっても、それが何か、遠いむかしに見た夢の一齣《ひとこま》のような気がする。

実感が、わいてこないのだ。

ともかくも、憎い近藤虎次郎を、自分に代って堀本伯道が、

(討って下された……)

のである。

そして……。

加藤平十郎と共に暮していたときは、ほとんど夢にもあらわれなくなっていた堀本伯道と再会をしたことにより、

(何としても、堀本様のお手つだいを……)

その熱望に、いまの三千代は心身をゆだねている。

伯道が、諸方を旅してまわりながら、報謝宿の面倒を見たり、貧しい病人の治療をしたりしているなどとは、三千代にとって、

（おもうてもみなかった……）

ことであった。

しかも、伯道は武芸にも長じてい、老人とはおもえぬ鮮烈な手練を、三千代は、わが眼に見とどけているのだ。

（立派な御方とはおもうていたなれど……）

医術をもって諸人を助ける実態が、このようなものだとは知らなかった。

楠屋与兵衛は、

「胸におもうても、堀本先生のように身をもって事に当り、それを何年も何年もつづけておられるということは、到底、できぬことでございます」

と、いった。

三千代も同感であった。

堀本伯道がしていることにくらべたら、近藤虎次郎を討ち取ったことなど、

（まことに空《むな》しい……）

とさえ、おもえてくる。

女の本性《ほんしよう》は、

「過去を忘れ、現実のみに生きる……」

といわれるが、そのようなことを三千代は意識していたわけではない。

ないが、これまでの三千代は、足取りこそおぼつかないものであったが、その身の変化に応じて生きぬいてきたことがわかる。

彦根を出奔してから、これまでに、近藤虎次郎は別にして、二人の男が三千代のために死んでいる。殺害されている。

その二人とは、井上忠八と加藤平十郎だ。

また、間接に関わり合った無頼浪人たちも、何人か死んでいることになる。

そしてまた、近藤が三浦芳之助を斬ったのも、三千代の存在が近藤の胸の底に重く沈んでいたからにちがいない。

もし、三千代がいなかったら、近藤は芳之助の汚行《おこう》をためらうことなく、表沙汰にしたことであろう。

さて……。

その日の昼ごろから空模様が怪しくなり、午後から風が強くなってきた。

まさに、野分であった。

八ツ半（午後三時）ごろになると、雨が叩いてきた。

楠屋では、暴風雨にそなえて、奉公人たちが閉めた雨戸へ釘《くぎ》を打ちつけたりしはじめたが、ちょうど、そのころ、

「やれやれ、どうやら、ひどい目にあわずにすんだらしい」

忽然《こつねん》と、旅姿の堀本伯道が楠屋へあらわれたものである。

「堀本先生が、お見えになりました」

と、女中が三千代に知らせたので、

「まことでございますか？」

「はい」

三千代の胸はさわいだ。

顔に血をのぼせて、三千代は夢中で、あるじの居間へおもむいた。

「おお……」

楠屋与兵衛と茶をのんでいた堀本伯道が、

「落ちついたようじゃな」

「おかげさまにて……」

「先ず、よかったのう」

「かたじけのうございます」

伯道が三千代のことを、与兵衛へ、どのように語っているか、それは知らぬ。

それだけに三千代も、うかつに口をきけなかった。

「気になっていたのじゃが、いささか忙《せわ》しくしていたもので、此処へ立ち寄るのが遅くなってしもうた」

「あの……今夜は、お泊りに？」

「この雨風《あめかぜ》では、泊るよりほかはあるまい」

伯道は笑って、

「三千代どのの、今後のことについて、どのようにしたらよいかと、いまも、与兵衛どのと語り合うていたところじゃ」

三千代が、決意をあらわにした顔をあげ、何かいいかけようとするのへ、伯道は、

「堀本様。実は……」

「ま、後で、ゆるりと……」

と、いった。

雨と風が凄まじい音をたてて、家を揺さぶりはじめている。

三千代は、いつものように自分の部屋で、夕餉の膳に向った。

堀本伯道は楠屋のあるじと酒を酌みかわしている。

一刻（二時間）ほど後に、

「堀本先生が、およびでございます」

と、女中が三千代へ知らせた。

伯道は、二階の、二間つづきの奥座敷へ入っていた。

この夜は、階下に二組の泊り客が入っていたけれども、二階は伯道一人であった。

三千代の部屋は同じ二階でも、楠屋のあるじの居間の真上にあり、そこから伯道がいる客座敷へは、小廊下を何度も折れたり、上ったり、下ったりせねばならぬ。

この家は、なかなか凝《こ》った造りになっているのだ。

「そっちのほうは、雨漏りがしてないか？」

「大丈夫ですよ」

廊下のどこかで、奉公人たちの声がしている。

三千代は、女中が持った手燭《てしょく》の灯《あか》りにみちびかれて、廊下を辿《たど》った。

いつもは、廊下の掛け行燈《あんどん》に灯が入っているのだが、いまは嵐の最中《さなか》だし、万一のときにそなえ、ほとんど灯りが消えていた。

つぎの間へ入った女中が、

「おつれ申しました」

伯道へ声をかけた。

「おお。これへ……」

三千代が入って行き、女中は廊下へ去った。

雨と風が雨戸を打ち叩いている。

「さ、こちらへまいられよ。この嵐では声もとどかぬ」

伯道が苦笑を浮かべ、

「なれど、夜半までには、しずかになろう」

と、いう。

その声は、確信にみちていた。また事実、そのとおりになったのである。

「さて……」

いいさして堀本伯道が、愛用の銀煙管《ぎんぎせる》へ煙草をつめ、

「三千代どのとは、二度にわたって妙な関わり合いができもうした」

「まことにもって、申しわけもございませぬ」

「いや、なに、そのようなことを申しているのではない」

三年前の伯道には、やむなく三千代の危難を救ったが、その後のことは、

(なるべく関わり合いたくない)

という態度が、はっきりと看て取れたものだ。

源蔵を三千代につきそわせて江戸へ送ってしまえば、

(後のことは知らぬ)

というわけであった。

　だが、今度は、さすがに伯道も三千代との因縁をおもったのであろうか、態度にも声にも、親身なものがただよっている。

「先刻も、この家《や》のあるじと、三千代どののことを語り合うたのじゃが……」

と、堀本伯道は、しずかに煙草のけむりを吐き、

「楠屋のあるじは、三千代どのに、この家の女中たちの束《たば》ねをしてもらいたいと、かように申している」

「は……」

「いかがじゃ？」

　おもいもかけぬことであった。

「三千代どのの境遇については、いささかながら、あるじの耳へも入れておいたが、あのような人《じん》ゆえ、心配はないとおもう」

　伯道のことばによると、楠屋与兵衛は、若いころ、伊勢・桑名十万石の松平家に仕えていたらしい。

　やはり、武家の出身だったのである。

　それが松平家を退身し、一介《いっかい》の宿屋の主人になったいきさつについては、伯道もくわしくは知らぬらしい。

「いずれにせよ、武家の世界に愛想がつきたのであろう。何やら、そのような事件《こと》が身

に起ったのであろうよ」

そうした楠屋与兵衛だけに、三千代をあずかって、これを見まもっているうち、

(自分の手許に置き、行末のことも考えてやりたい)

そうおもうようになったのだそうな。

与兵衛には、お栄という妻がいるけれども、病身で引きこもりがちだし、三千代も、これまでに一度しか顔を合わせていない。

そのお栄が、一度だけ見た三千代のことを、たいそう気に入って、

「ぜひ、ここで暮すようにしてあげるがようございます」

と与兵衛にいった。

女中たちをふくめて、奉公人も、みな、つつましやかな三千代に好感を抱いているといってよい。

「以前にも、はなしたことがあったかとおもうが……いまのわしには、三千代どのの面倒をみてあげるだけのちからがない。わが家に落ちついて暮すなどということからは、まったく無縁な堀本伯道ゆえ、な」

「堀本様……」

「どうじゃ、この家にとどまりなさるか？」

「私は……あの、私は……」

三千代が必死の面持ちで膝をすすめてきたのを、伯道は、おどろいたように見やって、

「どうなされた?」

「はい。先日、この家の御主人様から、報謝宿のことを聞きおよびましてございます」

「なに……」

伯道は顔を背《そむ》けるようにして、

「よけいなことを……」

と、つぶやいた。

「お願いでございます、堀本様……」

「何……?」

「私に、手つだわせて下さいませ」

「何のことじゃ?」

「どこの報謝宿でもよろしゅうございます。はたらかせて下さいませ」

「何を申される」

急に、堀本伯道は冷やかな口調となって、

「どこではたらくも同じことじゃ。この楠屋で……」

いいかける伯道へ、三千代がすがりつくように、

「いやでございます。どうしても、お手つだいがしとうございます」

「無茶なことを……」

「お願いでございます、お願い……」

「待たれよ」

「は……？」

「報謝宿ではたらくなどということは、三千代どのが考えているようなものではない」

「いいえ、どのようなことでも辛抱いたします。やらせて下さいませ」

「なりませぬ」

「お願いでございます」

「そもそも、報謝宿に、そなたのように美しい女人がいては、何かと、さまたげになろう」

「なれど……なれど、私は……」

さらに三千代は、伯道へ躙《にじ》り寄って、

「これより先は、何ぞ、世の中の役に立つような生き方をいたしたいと存じます」

「むう……」

ほの暗い行燈の灯影に、三千代の白い顔が浮かび、それが伯道の眼の下にある。

三千代の全身は、熱している。

世の中の役に立ちたいという殊勝な言葉が出たのも、それが堀本伯道に関わり合いのある仕事だからだ。

それを、三千代は意識していたかどうか……。

ともかくも、伯道と離れて暮すにせよ、伯道の消息がわかる場所にいたい。

このことである。

自分を知り、自分が知っている、ちから強い男の存在を無意識のうちに、もとめていたのやも知れなかった。

「堀本様。お願い……お願いでございます」

低いが、ちからのこもった声で、うったえかけつつ、おもわず三千代の手が伯道の膝へかかった。

依然、風雨が戸を叩いている。

堀本伯道は、無言であった。

そして、膝へかかった三千代の手を払い退けようともしない。

三千代が突然、伯道の膝の上へ躰を投げかけてきた。

自分の膝の上で、三千代が咽《むせ》ぶように泣きはじめたときも、堀本伯道は身じろぎをしなかった。

嵐の音がこもる部屋の中に、三千代の女のにおいが、濃くたちこめている。

「これより先、堀本様と離れては暮せませぬ」

伯道の膝へ顔を伏せたまま、三千代は身悶《みもだ》えをした。

伯道は、両眼を閉じている。

「堀本様。何とぞ、私のお願いを……」

「む……」

微かに、口の中で、伯道が何かいったようだ。

「ほ、堀本様……」

顔をあげた三千代が、伯道の胸もとへ縋《すが》りつくようにして、

「何と……何と、おっしゃいました？」

「三千代どの……」

呻くように、よびかけた堀本伯道が、三千代の肩を双腕に抱きしめた。

「ああ……」

老人ともおもえぬ、たくましい腕の中で、三千代は、

「どこまでも……どこまでも、お側において下さいまし」

伯道は、こたえぬ。

こたえぬままに、顔を三千代の襟もとへ埋めた。

三千代の襟もとへ、伯道の唇がひたと押しつけられた。

（もう……もう大丈夫。堀本様は、私をお離しになることはあるまい）

双腕を伯道の背へまわしつつ、三千代は喘《あえ》ぎを高めた。

だが、伯道は、それ以上に事をすすめようとはせぬ。

伯道の胸もとから、香ばしい躰のにおいを嗅《か》ぎ、三千代は身をもみながら、わけのわからぬことを口走っていたようである。

どれほどの時間《とき》が過ぎたろう。

伯道の唇が、三千代の襟もとから耳朶へ這いのぼってきて、

「ここで、このようなことをしてはならぬ」

「いや……いやでございます」

「明日の……何事も、明日のことじゃ」

「明日……?」

「さよう」

「では、明日にも、私をお連れ下さいますのか?」

「うむ」

伯道の顔が離れた。

うなずいたようだ。

「ま、まことに?」

「まことじゃ」

今度は、はっきりとこたえた。

「うれしゅうございます」

激しく燃えさかっていたものは消えたけれども、三千代の心身は安らかに落ちつき、

(よかった……ほんに、よかったこと)

うっとりと、三千代は伯道の胸にもたれている。

やがて……。

三千代は、自分の部屋へ引き取った。

(もう大丈夫。これからは、すこしの迷いもなく、生きて行くことができよう)

明日か、明後日か、堀本伯道が楠屋を発足するとき、

(私は、お供ができる)

このことであった。

三千代は、嵐の音に包まれながら、身のまわりの始末にかかった。

楠屋へ来てから、あるじの好意で衣類をととのえてもらったりしたが、伯道と共に行くのなら、手まわりの、わずかな品だけ持って出ればよい。

いつでも発てるようにしてから、三千代は臥床へ入った。

そのころになると、風雨の音が急に遠退いたようである。

三千代は、久しぶりで堀本伯道の夢を見た。

以前、伯道の夢を見たときは、きまって、老人ともおもえぬ逞《たくま》しい伯道の裸身に抱かれていたものだが、この夜は、青空の下の野の道を、伯道に寄り添って、どこまでもどこまでも歩みつづけている夢であった。

野には、名も知らぬ花が咲きみだれてい、歩みつつ、伯道が三千代を見ては、あたたかい微笑を投げかけてくる。

それにうなずき返し、何も彼もみちたりたおもいになって、三千代は伯道と共に歩んでいる。

夜が明けて、目ざめたときも、三千代は夢のままの幸福感に身をゆだねていた。

嵐は去っていた。

小窓の戸の隙間に、朝の日ざしが白く光っている。

ときに六ツ半（午前七時）ごろであったろう。

楠屋の屋内では、すでに奉公人たちが起きて、はたらきはじめていた。

三千代としては、いつもの目ざめより、すこし遅れた。

もっとも早く目ざめたところで、いまのところ、はたらくわけでもない。

身仕度をととのえてから顔を洗い、簡単な化粧をし、楠屋のあるじへ朝の挨拶をすませればよい。

三千代は、あるじへ挨拶をすましてから、伯道の部屋へ行くつもりであった。

もしやすると伯道は、あるじの居間にいるやも知れぬ。

そして、自分を連れて発つことを、あるじにはなしているのではないか……。

楠屋与兵衛は、居間へ入って来た三千代の挨拶を受けてから、

「昨夜の嵐で、よく眠れなかったのでは？」

「いいえ。ぐっすりと……」

「それならば、よかった」

与兵衛は、手紙のようなものを持っている。

伯道の姿は、見えなかった。

「これを……」

と、楠屋与兵衛が、手紙のようなものを、三千代の前へ置き、

「それを……それを、な」

「何でございましょう？」

「堀本先生が、お前さまに……」

「えっ……」

さっと、三千代の顔色が変った。

「では、あの、堀本様は？」

「今朝、暗いうちに、お発ちなされましてな」

堀本伯道の置き手紙をひらく三千代の両手が、わなわなとふるえはじめた。

伯道は、手紙の中で、つぎのようにいっている。

「昨夜、約束したなれど、やはり、三千代どのを連れて行くわけにはまいらぬ。わしのしている事は、余人《よじん》には到底わからぬ。落ちついた明け暮れを送ることなど、わしは、ずっと以前からあきらめている。

楠屋のあるじどのに、よくよくたのんでおいたゆえ、当家にとどまり、女としての道を切りひらいて行くが、もっともよい。よろしいか。この伯道の言葉に、いささかの誤りもないことが、いつの日か三千代どのにわかってこよう。

もはや、二度と会うこともあるまじ。さらば。さらば」

読み終えて、三千代が茫然と顔をあげたとき、いつの間にか楠屋与兵衛は、居間から姿を消していた。

ふしぎに、三千代は泪もわいてこなかった。

このときまで、あまりにもおもいつめ、信じきっていたことが、一通の手紙でたちまち粉砕されてしまったものだから、悲しみよりも虚《むな》しさのほうが大きかったのであろう。

自分の部屋へもどり、二度三度と伯道の置き手紙を読み返すうち、はじめて、じわりと熱いものが目に浮いてきたのである。

このような手紙を残して行ったからには、いまから追いかけてみても、伯道を見出すことはできまい。

昼近くなって、楠屋与兵衛が心配そうな顔を見せたとき、

「もしや、堀本様の報謝宿が、どこにあるのか、御存知ではございませぬか？」

尋ねた三千代へ、与兵衛が、

「さ、そこまでは私も、聞いてはおりませなんだ」

と、いった。

いや、与兵衛が知っていたとしても、伯道のことゆえ、楠屋を発足するとき、

「三千代どのには洩らさぬように」

かならず、念を入れておいたにちがいない。

こうなっては、どうしようもない。

あきらめるよりほかに、仕方もないではないか。

その日の朝……。

下総・松戸に剣術の道場を構えている山倉庄五郎は、江戸の小梅の木村道場にいた。

前日の午後に、木村又右衛門を訪ねて来た山倉は、酒を酌みかわしているうち、風雨が強くなったので、

「今夜は、泊って行くがよい」

木村のすすめで、一泊したのである。

近藤虎次郎が行方不明となって以来、木村又右衛門と山倉庄五郎は、何度も会っている。

いまだに、近藤虎次郎の消息は知れぬ。

つまり、あの日の早朝に、木村道場を出て松戸の山倉道場へ帰ったはずの近藤の姿が、

「途中で消えてしまった……」

のである。

「どうも、わからぬ」

木村は、嘆息を洩らすばかりだ。

途中で、また、何者かに襲われたのではないか……。

そこで山倉と木村は数回にわたって、小梅から松戸までの道すじを調べてまわった。

何度目かに、山倉は、手がかりを見出した。

それは、あの日、近藤虎次郎が飯を食べ、昼寝をした茶店においてであった。

中川の渡しの手前にある茶店へ立ち寄り、

「これこれの日に、このような顔かたちのさむらいを見かけなかったろうか？」

と、尋ねるや、茶店の小女が近藤のことをおぼえていて、

「あ、それなら、飯をあがんなすってから、裏の木蔭へ縁台を出して、昼寝をしていきなさいました」

「何、昼寝……」

「あい」

「ふうむ……それから、どうした?」

「見てはいませんでしたけど、渡しで向う岸へ渡んなすったようで」

「さようか……」

それから山倉は、三千代がいた民蔵の茶店へも立ち寄って尋ねた。

民蔵の茶店は、それどころではなかった。

山倉庄五郎が聞き込みにあらわれた日の五日ほど前に、民蔵の女房お安が、ついに息を引きとっていたのである。

三千代は行方不明となる、お安は病死するというわけで、民蔵も気が動顚しており、その日、ようやく店を開けはしたものの、山倉の問いかけも、ろくに頭へ入らず、

「そんな、さむらいは、見たこともございませんよ」

と、こたえた。

山倉は山倉で、中川を渡る前に茶店で昼寝までしていたらしい近藤虎次郎が、川を渡ってすぐに、また茶店へ入るわけもないとおもわれたし、

「さようか……」

これも気にとめず、出て来てしまった。

このとき、もし、茂兵衛でも茶店に来ていて、山倉の言葉を耳にしたなら、

（はて……？）

三千代の行方不明と引き合わせて、何かを直感したやも知れぬ。

茂兵衛は、その前に茶店を訪ねて来たとき、三千代の出奔を民蔵夫婦から聞いて、

「どうも、女という生きものは、手に負《お》えない」

つくづくと嘆息して、

「この上は、こっちの手も、さしのべようがない。みんなも、気にかけずにいておくれ」

と、いったものだ。

つぎに茂兵衛が茶店へあらわれたのは、山倉庄五郎が立ち寄った日から半月後のことで、そのとき茂兵衛は、はじめて妹のお安の死を知った。

「どこにいなさるのか、居どころもわからないので、知らせようがなかった」

民蔵が責めるようにいうのへ、

「いや、すまなかった」

と、茂兵衛は、

「いまのところ、あっちこっちと渡り歩いていたもので、つい、こんなことになってしまった。まことに申しわけがない。どうか民蔵さん。かんべんをしておくんなさい」

両手をついて、あやまった。

そのとき、民蔵は、山倉庄五郎のことを茂兵衛に語っていない。

わざと、そうしたのではない。

山倉のことなど、民蔵は念頭になかった。忘れてしまっている。

この茶店からも、程近い松林の奥の窪みの草の中へ横たわっている近藤虎次郎の死体は、まだ発見されていない。

堀本伯道は窪みへ隠した近藤の死体が見えなくなるまで、土をかけておいた。

その所為《せい》か、松林の中を通る人も、気づいていないのだ。

山倉庄五郎は、井伊家の川村弥兵衛へも、

「もしや、近藤虎次郎が、そちらへ立ちまわったのでは……？」

と、問い合わせの手紙を出している。

したがって川村も、近藤が行方不明となったことをわきまえていた。

日が経つにつれ、川村弥兵衛の心配はつのるばかりとなったが、どうしようもない。

知れるかぎりのところへ、

「こちらへ顔を見せてはいないか？」

尋ねてみた。

たとえば、鎌倉町の蕎麦屋〔翁屋〕へも出向いたわけである。

しかし、わからぬ。わからぬまま、今日に至っている。

川村の近藤へ対する個人的な感情はさておき、井伊家では、

「近藤虎次郎と三千代の一件は、当家において、あずかり知らぬ事」

という態度に変ってきているので、藩の重役たちへ申し出ても、

「むだなこと……」

ゆえ、川村はまだ、近藤の行方不明を自分の胸ひとつにおさめたままであった。

「近藤虎次郎は、よくよく不運な男じゃ」

「いかにも……」

と、この朝の木村又右衛門と山倉庄五郎の間にかわされた言葉も、いつもと同じものになってしまう。

「ただ一人、だれにも知らせず、消息を絶ったのでありましょうか？」

「いや、山倉。それにしては妙だ。前の晩に此処へ泊ったときの近藤には、そうした気ぶりすらなかった」

「ふうむ……」

「おぬしのすすめを受けいれ、名前も変えるとまで申していたのじゃ」

「さようでしたな」

「わしはな、山倉。これまでに、近藤虎次郎の夢を何度も見た」

「ははあ……」

「いずれも、死んだ近藤が、あの世からわしへ呼びかけてくる夢じゃ」

山倉は、ためいきを吐《つ》き、

「私は、まだ、一度も近藤の夢を見ていないのです」

と、いった。

「きっと何かあったのだ。此処から、松戸のおぬしの道場へ帰る途中で、きっと、何か異変が起ったのだ」

「それならば、道筋の人の目にも、ふれているはずだとおもいます」

「おぬしとわしと、あれだけ何度も、聞き込みをしたのだものな」

「はい」

「わからぬ……何としても、わからぬ」

「ともかくも、中川の手前までは足取りが知れているのです」

「うむ……」

「私は、これからも尚、聞き込みをつづけるつもりでいます」

山倉庄五郎は、まだ、あきらめきっていない。

葉桜《はざくら》

「今日は、まことによい日和《ひより》なので、久しぶりに王子《おうじ》の権現《ごんげん》さまへお詣《まい》りをしようとおもいましてな」

と、伊勢屋宗助《いせやそうすけ》が、朝の挨拶にあらわれた楠屋与兵衛《くすのきやよへえ》にいった。

「さようで。それはようございますな」

「それについて楠屋さん。ひとつ、おたのみがあるのだが……」

「何でございましょう」

「いっしょに、千代さんを連れて行きたいとおもう。たまさかには、気ばらしをさせてやってもよいのではないかな」

「それは、もう……」

与兵衛は一も二もなく、

「どうか、連れて行って下さいまし。さぞ、よろこびましょう」

と、こたえた。

三千代が堀本伯道に、この楠屋へ置き去りにされてから、早くも二年の歳月が経過している。

いま、三千代は〔千代〕と名を変え、楠屋で女中の束ねをしていた。

つまり、女中頭《がしら》というわけだが、なんといっても武家育ちだけに、女中たちも三千代を敬《うやま》っている様子だし、三千代もまた一所懸命につとめている、その真面目さが客にも好評であった。

「あまり気がつくほうではないが、千代さんは、楠屋の名物になったねえ」

などと、いう客も少くない。

いま、三千代を王子権現社へ連れて行こうといい出た伊勢屋宗助も、去年の、ちょうどいまごろ、江戸へ出て来て楠屋へ滞在した折に、三千代を見て、

「これは楠屋さん。あなたのところの宝物です。大事になすったほうがよい」

と、いったものだ。

伊勢屋宗助は、尾張・名古屋城下の玉屋町に大店舗をかまえる呉服商で、百名に近い奉公人を使っている。

大坂と江戸に支店があるので、宗助は二年に一度ほど、江戸へあらわれるが、日本

橋・室町の支店へは泊らぬ。

「私が泊ると、店の者たちの気が休まらないので」

と、宗助はいった。

十年ほど前、亡くなった先代の跡を継いで間もなく、江戸へ来た宗助は同業者からの招宴で楠屋へあらわれ、

「ほう。ここへ泊めてもらえるのですか。それはよい」

たちまち気に入って、翌日から楠屋へ引き移ったという。

伊勢屋宗助は当年四十二歳だが、五つ六つは若く見える。

さすがに大店《おおだな》の主人だけあって、人品もよい上、まことに気さくな人物であった。

江戸へ出て来るときの伊勢屋宗助は、手代一人と老僕一人をともない、およそ一カ月ほどを、楠屋に滞在する。

この間、手代も老僕も、楠屋に泊るのである。

若いころは四、五年ほど、江戸の支店へあずけられて商いの修業をしたというだけあって、江戸にいるときの宗助は、言葉づかいも江戸に住む人びとと、ほとんど変らぬといってよい。

「千代さん。あるじどのからゆるしをもらったので、いっしょにお詣りをしましょう」

と、伊勢屋宗助にいわれた三千代は、

「さようでございますか。私は、まだ、王子の権現さまへ詣ったことがないのでございます」

「それは、ちょうどよかった。いまごろはもう、木立も深いし、それが青々としていて、まことに気もちがよい。さ、仕度をしなさるがよい」

「では、お言葉にあまえまして……」

こころがはずむというわけではなかったけれども、この楠屋に住み暮すようになってからの三千代は、ほとんど外出をしていない。

また、外出をする気分にもなれなかったのだ。

それに、江戸市中に住むかぎり、井伊家の川村弥兵衛や、駒井宗理に、

(道で出合うたりしたら、何としよう)

このことであった。

堀本伯道に拒まれたときの絶望を、三千代は一所懸命に立ちはたらくことによって、忘れようとした。

さいわいに、奉公人たちも自分を慕ってくれている。

楠屋の主人夫婦の信頼も厚くなるばかりであった。

こうなると人間というものは、その信頼にそむいてはならぬと、おもうようになる。

楠屋の常客たちも、三千代の人柄に好感をもってくれるとなれば、客の期待にもこた

えたいとおもうようになるのは、当然のなりゆきであったろう。

（これで私も、何かのお役に立っているような……）

そうなれば、生甲斐《いきがい》とまでは行かなくとも、責任が生じる。

（しっかり、はたらかねばならぬ）

と、おもえば、また三千代なりに、女中頭としての工夫も生まれてくる。

客室へ活ける花を見た客が、ほめてくれれば、やはり、うれしくなる。

二年の歳月を経て、ようやくに三千代は立ち直りつつあった。

王子権現は、むかし、紀伊の国の熊野権現を此地《このち》へ勧請《かんじょう》したものである。

祭神は、伊弉冉尊《いざなみのみこと》・速玉男命《はやたまおのみこと》・事解男命《ことさかおのみこと》の三神だ。

この王子権現の社の北方に、王子稲荷の社がある。

王子稲荷は、関東における稲荷社の総本山だそうな。

いつであったか、楠屋の女中のひとりが、

「毎年の大晦日《おおみそか》には、関八州に棲《す》む狐たちが、みんな王子へあつまって来るのだそうでございますよ。その夜は、音無《おとなし》川の岸辺を、たくさんの狐火が、ゆらゆらとうごきながら、稲荷さまの境内へ入って来るのだと申します」

などと、まじめ顔に三千代へ語ったことがあった。

そうしたこともあって、三千代は、伊勢屋宗助にさそわれたとき、一も二もなく、行ってみる気になったのであろう。

両社の場所は、現代の東京都北区王子本町にあたる。

国電の王子駅の西方一帯が両社の境内であったのだが、いまはもう、むかしの面影は、ほとんど残っていない。

当時の両社の境内は宏大で、鬱蒼《うつそう》たる樹林に囲まれ、起伏に富んでいた。

近くの飛鳥《あすか》山の桜花は、江戸の名所として、あまりにも名高い。

むかしの本に、

「王子権現・稲荷の両社は、すべて、紀州・熊野山の地勢を写し、前に音無川の流れをうけて風色真妙《ふうしよくしんみよう》なり。花の時は花をもて祀《まつ》るといえる神意に因《よ》るにや。社頭に多く桜樹を植えて、春の頃は境内ことに観賞あまりあり。また冬月雪《とうげつゆき》の眺望《ちようぼう》も他に勝《すぐ》れたり」

と、記されている。

こうした美しい景観をたのしみながら、両社の参詣《さんけい》をすませ、門前や境内の料亭や茶店へ立ち寄り、酒食をするのが、当時の人びとの大きな愉楽《ゆらく》であった。

寺社への参詣が、同時に楽しみだったのである。

本郷・春木町の楠屋から王子権現までは一里半余。

早速によんだ二挺《にちよう》の町駕籠《まちかご》へは伊勢屋宗助と三千代が乗り、伊勢屋の手代と老僕は徒歩で従った。

「私も歩いてまいります」

しきりに、三千代は駕籠を辞退したのだが、

「それでは、お前さまの気ばらしにならぬ」

宗助は、聞き入れなかった。

一行は、昼前に王子へ着いた。

晴れわたった初夏の薫風《くんぷう》にさそわれて、参詣にあらわれた人びとも多い。

飛鳥山を右に見あげる参道は深い木立に包まれ、茅《かや》ぶきの風雅な料理屋や茶店が軒をつらねている。

三千代は、垂れをあげた駕籠の中で、目をみはっていた。

(来てよかった……)

と、おもう。

青葉の中をそよそよと吹きぬけてくる風が匂う。

老鶯《ろうおう》が、しきりに鳴いた。

伊勢屋宗助は、王子稲荷の社の近くで駕籠を下り、

「それでは、たのみましたよ」

駕籠舁《か》きへ〔こころづけ〕を、たっぷりとわたした。

四人の駕籠舁きは大よろこびで、引きあげて行く。

いや、引きあげて行ったと見たのは三千代だけである。後でわかったことだが、二挺の町駕籠は別の場所で、帰りを待っていたのだ。

「ま、ゆるりと、お詣りをしましょうかね」

「はい」

「市中とは、まるで別世界だねえ」

「ほんに……」

稲荷の社で参拝をすませ、杉木立の道を王子権現社へ向う。

(このようなことは、何やら遠いむかしの……子供のころにあったきりのような……)

緑陰《りょくいん》の小道を歩むこころよさに、三千代は気が晴れ晴れとしてきた。

こうした気分になるのは、何年にもないことであった。

手代も老僕も、うれしげに、たのしげに語り合いながら後につき従っている。

王子権現での参拝を終えたとき、伊勢屋宗助が、

「みんな、お腹《なか》が減ったろうね」

と、笑いかけた。

若い手代が、いつもは見せない解放的な笑顔になり、

「はい、もう、ぺこぺこでございます」

「そうだろう、そうだろう」

三千代も、笑った。

声をあげて笑う、などということを、三千代は忘れかけていたといってよい。

「千代さん。もうすこし、辛抱をして下さいよ」

「はい」

伊勢屋宗助は、岩屋弁天《いわやべんてん》の杜《もり》を右手に見て、曲りくねった小道を歩みながら、

「この先の店で、ゆっくりと御飯をいただこう」

と、いった。

伊勢屋宗助が、三千代を伴《ともな》った乳熊屋《ちくま》という料亭は、王子稲荷の裏参道にあった。

茅ぶき屋根の、田舎ふうではありながら、中へ入ると、なかなかに凝《こ》った造りの三棟が木立の中にある。

手代の幸次郎が先へ入って到着を告げると、

「これは、これは伊勢屋さま。よう、おこし下さいました」

あるじ夫婦が出迎えるのへ、

「久しぶりでしたねえ」

と、伊勢屋宗助がいった。

宗助は、乳熊屋のなじみの客らしい。

そして昨日、幸次郎は乳熊屋へ来て、主人の宗助が、今日の、この時刻に立ち寄るこ

とを、あらかじめ告げておいたのだ。

「さあ、こちらへ……」

乳熊屋のあるじは、宗助と三千代を別棟の離れ屋へ案内をした。

手代と老僕は母屋のほうで、昼餉をすることになったのであろうが、これは当然の事といってよい。

それに、主人の自分の前では二人とも気が張ってしまい、くつろげぬことを、宗助はわきまえている。

伊勢屋宗助は、そうした人物であった。

あるじが挨拶をすませ、立ち去った後で、

「どうだね。よいところだろう、千代さん」

宗助が、三千代にいった。

「はい」

このあたりは、表参道とはちがい、料理屋や茶店の数も多くない。

裏参道は、中山道の板橋や巣鴨へ通じていて、

「駕籠も、ここへ来ることになっているゆえ」

と、宗助が、

「ここの料理は、あまり手をかけてはいないが、なかなかにうまい」

「さようでございますか」

裏庭に面した障子を引き開けると、木立の切れ目からのぞまれる彼方《かなた》の田圃《たんぼ》では、もう、田植えがはじまっているらしく、農家の人びとがいそがしく立ちはたらいている。

どこかで、小川のせせらぎが聞こえた。

中年の女中が、先ず茶菓を運んで来て、しばらくすると酒肴が出た。

つぎに、新鮮そのものの鯉の洗いが来て、

「これが、うまいのだ」

伊勢屋宗助が、すぐさま、箸をつけた。

鯉の洗いと共に運ばれてきた鯉の皮の酢の物も、三千代にはめずらしいものであった。そぎとった鯉の皮を細く切り、三輪の素麵《そうめん》と共に酢で和《あ》えてある。

彦根城下にいたころ、何度か鯉を口にしたこともある三千代だが、

「皮が、このようにしていただけましょうとは、おもうてもみませぬでした」

「うむ、うむ」

満足そうにうなずきつつ、伊勢屋宗助が、

「私の店がある名古屋からも、さほどに遠くはない伊勢の多度《たど》というところに、北伊勢の大神宮として世に知られた多度神社があって、その門前町の大黒屋という料理屋では、さまざまな鯉の料理を食べさせてくれます」

「何でも、八代将軍《さま》のころからの店と聞いたが、あれだけの鯉を食べさせるところは先ずあるまい」

「さようでございますか……」

「江戸では、この乳熊屋ですよ」

鯉の皮というものは、おもいのほかに脂濃く、その脂が酢に溶け合って、何ともいえぬ味わいがあった。

また、鯉のあいい、あばら肉をたたいて団子にし、榧《かや》の油で揚げたものや、胡椒《こしょう》をかけた照焼《てりやき》なども出て、三千代は自分でもおどろくほどに食べた。

宗助に酌をしながら、三千代もすすめられるまま、すこしは酒ものんだ。

このごろは、客へ酌をすることも、どうにか慣れてきたし、わずかながら酒ものめるようになってきている。

食事が終ったとき、外の日ざしは、まだ明るかった。

「ほんとうに、日が長くなった……」

「はい」

奥庭の何処かで、まだ、鶯が鳴いている。

ながれ込んでくる微風が、酒で熱くなった三千代の頰にこころよかった。

「まあ……」

「実はね、千代さん……」

と、伊勢屋宗助が、

「去年の夏に、家のものが亡くなってしまって……」

「は？」

咄嗟に、何のことかわからなかった。

家のものというからには、宗助の妻のことなのか……。

その妻が亡くなったという。

宗助は、そのことを楠屋与兵衛へも語っていない。

したがって三千代も、いま、はじめて、耳にしたのである。

それにしても、何故、いまこのとき、伊勢屋宗助が亡くなった妻のことなどを語り出したのか……。

宗助は、去年のいまごろに江戸へ出て来て、楠屋へ滞在をした。

すると、宗助が名古屋へ帰った後で、妻が病死したことになる。

「ともかくも、困ってしまいましたよ」

こういって宗助は、しずかに煙管《きせる》を手に取り、

「亡くなる前まで、まことに元気だったのだが……」

「まあ……」

「朝餉の御膳に向っていて、箸を手に取ったかとおもったら、その箸が、ぽろりと落ちて……」

三千代は息をのんだ。

「落ちたかとおもったら、今度は前のめりに膳の上へ倒れ、それきりになってしまいました」

長い沈黙の後で、宗助の煙管が煙草盆の灰吹きに音を立てた。

「ま、私のような商売をしていると、どうしても、その、家の中の柱になってくれる女《ひと》がいないと困ってしまう」

「それは、さぞ……」

「跡つぎの息子は、まだ十六だし……」

「はあ……」

返事の仕様もない。

三千代は身を固くし、目を伏せた。

(お気の毒に……)

とはおもうが、さりとて、別に親身な悲しみをおぼえるわけでもなかった。

伊勢屋宗助は楠屋の客で、三千代にしてみれば、去年はじめて知っただけのことである。

「それでねえ……」

いいさして、また、宗助が煙管へ煙草をつめはじめ、口の中で何かいったようだが、三千代には、よく聞こえなかった。

「実はねえ……」

「は……？」

「今年は別に、江戸へ来る用事もなかったのだが……」

「……？」

伊勢屋宗助が、何をいわむとしているのか、咄嗟に、三千代にはわからなかった。

「だが、やはり、来ずにはいられなかった」

「何ぞ、急なことでも？」

「さよう、急な事。急なことにちがいない」

「さようでございますか……」

「早う、手を打っておかぬと、安心ができぬとおもうたゆえ、こうして江戸へ出て来ました」

早く手を打たぬと、安心ができぬ……とは、何のことであろう。

三千代は、おそらく、伊勢屋の商売上のことだとおもった。

ところが、ちがった。

おもいがけぬことが、伊勢屋宗助の口から洩れた。

「千代さんを、もし、ほかの人にとられてしまうようなことになっては、取り返しがつかぬとおもうたので……」

「私が……？」

「はい」

と、宗助がかたちをあらためて、

「ぜひとも、私の後添《のちぞ》いになっていただきたい」

二の句がつげぬとは、このことだったろう。

「伊勢屋の女房になってくれるお人は、お前さまのほかにはないと、かたく、こころに決めて、出て来ました。いかがなものだろう？」

「………」

返事ができない。

「このようなことを、いま、急に申し出たところで、すぐさま、返事がもらえるとはおもうていないが……」

いいさした伊勢屋宗助が立ちあがり、奥庭に面した縁先へ出て行った。

「それとも、いま此処で、返事をして下さるか？」

縁先に立ち、こちらへ背中を向けたまま、宗助が尋《き》いた。

「あの、それは……」

「それは？」

「あまりにも、急なことで、よう、わかりませぬ」

「ふうむ……」

このときの三千代が、何故、そのようなことはできませぬ、といわなかったのか……。

というのは、この申し込みが、まことに意外なことであったにせよ、伊勢屋宗助という男に対して、三千代が、いささかの嫌悪も感じていなかったことになる。

「何としても、私は、千代さんに来てもらいたい。お前さまがほしい」

一語一語にちからをこめて、宗助がいう、その声にはまぎれもない誠実がこもっている。

「どうしても、ほしい。何としても、来てもらいたい」

熱心に、宗助は繰り返した。

伏せたままの三千代の顔から襟足のあたりへ、見る見る血がのぼってきた。

「承知して、下さるか？」

「いえ、あの……私は、伊勢屋さまがおもうておられますような……そのような女ではございませぬ」

「いや、いや……」

と、伊勢屋宗助は激しくかぶりを振って、

「私がほしいのは、いまのお前さまなのだ。以前の千代さんが、どうあろうとも、知ったことではありませぬ」

「なれど、それは……」

このとき、部屋の中が、急に翳《かげ》った。

宗助が、奥庭に面した障子を閉めきったからである。

しかし、三千代は、すぐに気づかぬほどであった。

名古屋城下でも、

「それと知られた……」

大店《おおだな》の主人であり、四十二歳という年齢がもつ迫力《はくりょく》が伊勢屋宗助の言葉にも声にもみなぎっており、三千代は圧倒されかかっていた。

「何としても……どうあっても、千代さんに来てもらいたい。この伊勢屋宗助が、これぞと見込んだお人ゆえ、いかなことあっても手ばなしたくはない」

ちからのこもった声が、いつの間にか、三千代の背後に近寄って来た。

このとき、はじめて、三千代は障子が閉めきられていることに気づいた。

「あ……？」

はっとして腰を浮かせた三千代の躰が、背後から宗助の両腕に抱え込まれた。

「い、伊勢屋さま。何を、なされます」

「たのみます。来てもらいたい。名古屋の私の店へ、来てもらいたい」

男の熱い息が、三千代の襟足へかかった。

三千代の頭も躰も、熱しきっている。

「いけませぬ……」

とか、

「な、何をなされます」

とか、宗助を咎《とが》めているつもりなのだが、その口調は、咎めるというよりも、うったえかけるようなものになってしまっていた。

身を踠《もが》いているつもりなのだが、必死に踠いているのではない。

「たのむ。たのみます」

いいつつ、宗助が三千代の襟足へ唇を押しつけた。

「あっ……」

三千代は、身ぶるいをした。

「おやめ下さいまし……あの、私は……そのような……」

「このようなことを、したくはない。したくはないが、いまここで、何としても、お前さまに承知をしてもらわねばならぬ」

「そ、そのように、急なことを……」

「それでないと安心ができぬ。このようにせぬことには、安心ができぬ」

宗助の腕は意外にたくましかった。

いまはもう、何もいわなくなった伊勢屋宗助の躰のうごきの中で、三千代は、ただ息を乱すばかりになっている。

その後のことを、三千代は、よくおぼえていない。

だが、乳熊屋の離れ屋を出たときのことは、強く印象に残っている。

離れ屋の控えの間で、乱れた髪や身仕舞《みじまい》を直した三千代の手を取り、伊勢屋宗助は、

「さ、こちらへ……」

渡り廊下へは出ず、乳熊屋の奥庭へ下りて行ったのである。

いつの間にか、離れ屋の縁側の下に、二人の履物《はきもの》が置かれてあった。

奥庭を横切り、竹藪《たけやぶ》の中の細道を抜けると、そこに、二挺の町駕籠が待っていた。

先刻の駕籠だ。

「さ、お乗りなさい」

宗助がいうままに駕籠へ乗せられた三千代は、まるで夢でも見ているような心地であった。

手代も老僕も、そこにはいなかった。

乳熊屋の人びとも、見送りに出てはいない。

これは、すべて、伊勢屋宗助のこころづかいだったのであろう。

ということは、つまり、宗助があらかじめ、今日の事を、手代たちや乳熊屋のあるじたちと仕組んでいたと看てよい。

もっとも、三千代が、それに気づいたのは後になってからだ。

そうだとしても、男の腕に抱かれた直後の三千代を、

（人目につかぬよう……）

と、伊勢屋宗助が、こころをくばったことに間ちがいはない。

これが、三千代の胸にこたえた。

おもいもかけぬ宗助の行動に、おどろきはしても、必死に逃げようとはしなかった自分を、三千代は駕籠にゆられながら、おもい浮かべている。

宗助の一途《いちず》な情熱に打ち負かされてしまったのだろうか……。

楠屋へもどると、三千代は、すぐに、はたらきはじめた。

伊勢屋の手代と老僕の姿は見えない。

楠屋の女中のひとりが、

「一足先きにもどって来て、今夜は日本橋のお店《たな》のほうへ泊ることになったと、そういっていました」

と、三千代に告げた。

伊勢屋宗助は、夜に入ってから、楠屋のあるじの居間へおもむいた。

三千代は、宗助と顔を合わさぬようにしている。

夜ふけてから、楠屋与兵衛が、

「千代さんに来てもらっておくれ」

と、女中にいった。

三千代が、あるじの居間へ入って行くと、そこに、伊勢屋宗助がいた。

「ま、おすわりなさい」

と、楠屋与兵衛が、

「いま、伊勢屋さんから聞きましたよ」

するると宗助が、

「楠屋の御主人が、承知をしてくれました」

と、いうではないか。

「いえ、あの……」

うつむいていた顔をあげて、三千代が、

「私のようなものに、伊勢屋さまのお言葉は、もったいのうございますが、なれど……

なれど、私は、みなさまがごらんになっているような女ではございませぬ」

「それは、いったい、どのようなことだろう?」

尋ねる楠屋与兵衛に、三千代は、

「堀本伯道様は、私のことを、何とおっしゃってでございましたか?」

「別に……」

「別にと申されましても……」

「いや、私は堀本先生の申されることなら……」

「それで、何と?」

「気の毒な身の上の女性《にょしょう》ゆえ、面倒をみてあげてくれと、かように申された」

「それだけでございましょうか?」

「はい、さよう」

「それでは、おもいきって申しあげます。私は、世をはばからねばならぬ女でございます」

楠屋与兵衛の厚恩《こうおん》に対しても、いつかは、自分の身の上をはっきりとつたえておきたかった。

そして彦根以来の出来事を、あますことなく、三千代は二人へ語った。

しかし、堀本伯道が、近藤虎次郎を斬ったことだけは、隠しておかねばならぬ。

そこで、

「……その、夫の敵は、病死したそうにございます」

と、いった。

「ふうむ……」

楠屋与兵衛は、三千代に、このような過去があろうとはおもってもみなかったので、目をみはった。

けれども伊勢屋宗助は、格別におどろく様子もなく、

「なるほど。世の中には間々《まま》あることだ。これは何のこともありませぬ。井伊様では、きっと千代さんのことなど、いまは忘れていましょう。大名家のことなれば、私がようわきまえています。いささかの心配もない。安心をして私のところへ来て下され」

事もなげに、明るい声で言いきったものである。

それから五日後に、伊勢屋宗助にともなわれ、三千代は江戸を発った。

このような宿命が、自分の前に待ちかまえていようとは、

（夢見たこともない……）

三千代であった。

もっとも、三千代は、何度も辞退をした。

空恐ろしかったのである。

おもっても見よ。

三千代は、これまでに、亡夫の三浦芳之助と加藤平十郎を殺害され、これは二人の敵であるにせよ、近藤虎次郎が死んでいるし、さらに若党の井上忠八も殺害されてしまった。

こうなると、自分のまわりの男たちが、何人も血なまぐさい死様《しによう》をしたことになる。

そのことを、いまさらながら、おもわずにはいられなかった。

たとえ、伊勢屋宗助が自分の過去に関わり合いのない男だとしても、

(もしやして……?)

という不安がないでもない。

(私は、そのような因果をもって生まれた女ではないのだろうか……)

それが、空恐ろしくおもわれてならぬ。

だが、伊勢屋宗助は、まったく取り合わなかった。

「これからのお前さまは、これまでのお前さまとは、まったく別の人になるのゆえ、心配はいりませぬ。そのようなことをいうのなれば、この楠屋のあるじどのにしても、いま、こうして、お前さまと関わり合うていることになるではないか」

なるほど、そういわれてみれば、そうなのかも知れぬ。

また、こうなると楠屋与兵衛も、

「私としては、いつまでも、此処にいてもらいたいが、伊勢屋さまのお内儀になるとい

うのなら、これはもう、ぜひとも、そうなってもらわねばならぬ。相手が伊勢屋さまでなければ、私も何とか引きとめようとしたやも知れぬが……」

すすめてやまなかった。

与兵衛の妻も、

「男とちごうて、女というものは、何度も何度も新しく生まれ変ることができるのですよ、千代さん。そこが、男と女のちがいなのです。これを忘れてはいけません」

と、いった。

むしろ三千代は、与兵衛の妻の、この言葉によって、こころが決まりかけたといってよい。

女どうしの言葉だけに、ちからづけられたし、与兵衛の妻の親切が言葉にも声にも、はっきりと看てとれた。

伊勢屋宗助と三千代。それに手代と老僕四人の一行は、江戸を出て七日目に、駿河《するが》(静岡県)の藤枝《ふじえだ》へ到着した。

東海道・藤枝の宿は江戸から五十里。

これを七日かけての道中ゆえ、三千代に旅の疲れはなかった。

しかも、道中馬や駕籠を、存分に利用しての旅である。

初夏の青空が、日々、一行の頭上にあった。

「このように、よい日和がつづくというのもめずらしい」

　宗助の顔も、晴れ晴れとしている。

　この道中で、旅籠へ泊るときも、伊勢屋宗助は三千代と部屋を別にしている。

「あのときは、我を忘れて、おもわず、あのようなはしたないまねをしてしもうた……」

　と、宗助は顔を赤らめ、三千代にささやいたものだ。

　それが本当なのか、それとも予定の行動だったかは知らぬが、いずれにせよ、宗助が三千代を、

（何としても、後添いにしたい）

　との執心《しゅうしん》によってのことだ。

「突然に、私が名古屋のお店へまいりましても、よいのでございましょうか？」

　江戸を発つ前日に、三千代が念を入れたとき、

「お前さまのことは、もう、家族や店の者たちにはなしてあります。いずれも、私がお前さまをつれてもどるとおもうていよう」

　宗助は、そういった。

　去年のいまごろ、江戸へ来て楠屋に滞在した折、宗助は、たちはたらく三千代によほど深い印象をおぼえていたのであろう。

そして、名古屋へもどって間もなく、妻が急死した後に、伊勢屋宗助は、

(後添えをもらうのならば、何としても、あの人を……)

しだいに、決心をかためたのだという。

三千代との婚礼は、先妻の一周忌が終って後にするつもりだ。

それまでは、名古屋城下の別の家で、三千代は暮すことになっている。

今年の秋の、ごく内輪だけの婚礼には、楠屋与兵衛も招かれている。

三千代は与兵衛の養女という名目で、伊勢屋へ嫁ぐことになった。

尾張・徳川家の御用達《ごようたし》をつとめ、名古屋城下でも屈指の大商舗だけに、まだ四十をこえたばかりの伊勢屋宗助が、いつまでも独身《ひとりみ》を通すわけにはまいらぬ。

藤枝の旅籠・越前屋《えちぜんや》市郎《いちろ》兵衛《べえ》方を発った朝も、空は晴れわたっていた。

「今日は、あの、歩いてまいりたいと存じます」

と、三千代がたのんだので、この朝は馬も駕籠もよばずに、一行四人が越前屋を出た。

ときに五ツ(午前八時)ごろであったろう。

先に手代の幸次郎。つぎに宗助と三千代が肩をならべ、老僕の松造が後につき、越前屋を出た四人が本陣の青島治右衛門の前を通りすぎ、小さな川をわたって高札《こうさつ》場の前にさしかかったとき、

「あ……？」

左側の古着屋・利八方の二階の窓から顔を出し、何気なく街道をながめていた男が、
おどろいて顔を引っ込め、二階の部屋にいた老人へ、

「ちょ、ちょっと、あれをごらんなさいまし」

と、声をかけた。

この男、五年前に、堀本伯道に命じられて、三千代を江戸の丹波屋伊兵衛方へ送りとどけてくれた源蔵《げんぞう》である。

そして、源蔵が声をかけた老人は、ほかならぬ堀本伯道であった。

「何じゃ？」

何やら絵図面のようなものを前にひろげ、これを凝と見入っていた堀本伯道が顔をあげると、

「早く……早く、ここへ来て、ごらんなさいまし」

「どうした？」

窓へ行き、源蔵が指でさして見せ、

「先生。ほれ、あの女でございますよ」

「おお……」

「こんなところで、おもいもかけぬことでございますね」

「ふうむ……」

窓の障子の蔭から堀本伯道が見まもっているとも知らず、

「今日も、よい日和じゃ」

いいかける伊勢屋宗助へ、

「ほんに……」

笑顔でうなずきつつ、三千代は古着屋の前を通り過ぎて行った。

伯道は、遠ざかる三千代の後姿を見送ったまま、身じろぎもせぬ。

「堀本先生。あの女、三、四年前に印判師の駒井宗理さんのところを出て、行方知れずになったと丹波屋さんから耳にしましたが……」

「ふむ……」

「連れの男は、だれでございましょうかね?」

「さて、な……」

「あの女も、あれで、なかなか喰えない女のようでございますねえ」

「いや、そうではあるまい」

堀本伯道は、絵図面の前へもどりながら、

「女にも、いろいろあるが、あの女は、おのれを押しながす世の荒波へ素直《すなお》に乗って行く性質《さが》のようじゃな」

「さようでございますかねえ」

「決して逆らわぬ。いや、おのれは逆らっているつもりでも、そうではない」

「ふうむ……そんなものでございますかねえ」

「ところで源蔵……」

「はい？」

「お前、ちかごろ、江戸の丹波屋へ顔を出したのか？」

「いいえ、去年の春先に、ちょいと前を通りかかりましたので立ち寄り、そのときに、あの女が行方知れずになったと聞きましたので……」

「これからは、立ち寄らぬがよい」

「そのほうがよければ、そういたします」

「丹波屋のみならず、これよりは、なるべく旧知の人びとと顔を合わせず、やがては打ち絶えてしまいたい」

と、堀本伯道は嘆息を洩らし、

「お前と別れる日も、近いようじゃな」

「えっ……」

「さようさ……」

いいさして、伯道は黙念となり、煙草を吸っていたが、

「盗みの働きも、今度の美濃屋をふくめ、およそ三度ほどにて打ち止めにいたしたいのじゃ」

盗みのはたらき……とは、何のことなのだろう。

堀本伯道は、盗賊の首領なのか……。

伯道の前にひろげられてある絵図面は、駿府《すんぷ》城下の瀬戸《せと》物問屋《ものどんや》・美濃屋清兵衛方の店舗の間取りを描きとったものである。

「のう、源蔵。わしが盗みの世界から手を引くときの仕度は、かねがねしておいた。長年にわたって、わしのちからになってくれたお前へも、できるかぎりのことはするつもりじゃ」

「とんでもねえことでございます。これまでに、いろいろとしていただきましたことだけでも、もう、じゅうぶんでございますよ」

「ま、わしにまかせておくがよい。そして、わしと共に、お前も盗みの世界から手を引いたらどうじゃ？」

「さようでございますねえ」

「むりかのう」

「そのときになってみなくては、わかりませぬ」

「お前をはじめ、わしの手足となってくれた二十余名の者たちに、いずれも足を洗うてもらいたいが……やはり、むりであろうなあ」

「どちらにしましても……」

と、源蔵が強くうなずきつつ、

「私どもは、先生に御迷惑をかけるようなまねは、金輪際《こんりんざい》いたすことじゃあございません」

きっぱりと、いった。

「ありがとうよ」

「とんでもねえことで……」

「わしの盗みのはたらきは、申すまでもなく正道《せいどう》ではない。有《あ》りあまるところより盗《と》って、これを、たとえば死に瀕《ひん》する者たちへあたえ、何百人もの人びとを救うことができた」

「……」

「これはな、源蔵。わしが剣術のほかに、医術をもおさめてしもうたからであろう」

伯道の老顔には、深い哀しみの色がただよっている。

「金じゃ。金がなければ、いまの世の中に医術が物をいわぬ」

「まったくで……」

「助けてやれる者も、金がなければ、むざむざと死なせてしまうことになる。ことに、山々に囲まれた寒い国々の、貧しい人びとを助けるために、わしは何としても金が欲しかったのじゃ」

「はい……はい……」

「剣客として堀本伯道には、一文の金がなくとも、世をわたって行けたが……なれど、一人の医者として、金が欲しかった……」

「よく、なすって下さいました」

「何を……盗みを、か？」

「さようでございます。この世の中というものは、上は将軍さまから、下は百姓・町人まで、みんな盗人《ぬすっと》のようなものでございますよ」

「さて、そうかな。百姓の人びとの中には、そうでない者もいよう」

「まあ、そういえば、そんなものかも知れませぬが……」

伯道は、声もなく笑って、

「これまでに、わしが盗みをはたらいた商家は、合わせて十六カ処。いずれも死傷の者を出さず、女子供に危害をあたえなかったことが、せめてものなぐさめじゃ」

「それに先生。その十六カ処の店は、いまもって繁昌《はんじよう》をしております」

「そうよ、のう……」

それから、二人は商家の絵図面を前に、密談をはじめた。

そのうちに、古着屋の亭主が酒を運んで来て、密談に加わった。

してみると、この古着屋は、盗賊としての堀本伯道が隠れ家に使っているのでもあろうか。

「よし……これで、よし」

夕闇がせまるころになって、伯道はようやく絵図面をたたんだ。

「先ず、これでぬかりはあるまい」

「堀本先生。もう、大丈夫でございますよ」

そういって源蔵は、古着屋の亭主と、うなずき合った。

今度の押し込み先の、駿府城下の美濃屋清兵衛方へは、三年前から一味の盗賊を潜入させてある。

この男は飯炊きの下男になりすまして美濃屋へ住みつき、店舗や母屋の間取りを調べあげることはもとより、美濃屋の家風から日常の暮しのありさまをくわしく伯道の耳へつたえ、さらには金蔵《かねぐら》の錠前《じょうまえ》の蠟型《ろうがた》を取り、これを送ってよこしてもいる。

いざ、押し込みの当夜には、この男が内側から盗賊一味を引き入れることになっているのは、いうをまたぬ。

これほどの長い月日と準備があってこそ、押し込み先の人びとの血をながさずにすむのである。

このように、盗みの計画を推しすすめながら、堀本伯道は諸国をまわり歩き、自分がつくりあげた報謝宿の経営にちからを貸したり、貧しい病人を救ったりしている。

こうした伯道の姿を見ている源蔵は、

(まったく、善と悪とは紙一重……)

だと、おもわざるを得ない。

夜に入ってから、源蔵は一人で藤枝を出発した。

駿府の美濃屋に住み込んでいる仲間の者と、最後の連絡をとるためであった。

伯道一味の盗賊は、二、三日のうちに駿府へ集結することになっている。

夜が更けてから……。

堀本伯道は二合ほどの寝酒をのみ、古着屋の二階へ一人で寝た。

両眼を閉じた伯道の脳裡へ、三千代の顔が浮かんできた。

(あの、連れの男は何者であろうか……見たところは、立派な顔だちであった。身なりもよく、あれはきっと、何処ぞの大きな店のあるじでもあろうか。もしも、そうならば、あの女も、しあわせをつかみかけているのやも知れぬな……)

今年の二月の中ごろ、堀本伯道は武州・新宿《にいじゅく》の宿外れの松林へ、密かに足を運んでみた。

自分が埋めた近藤虎次郎の死体は、まだ、そのままになっていた。

いつの間にか、伯道は眠りにひきこまれている。
そして、三千代の夢を見た。
おのれの腕が激しく抱きしめている三千代の夢を、である。

五年後《ごねんご》

それから、五年の歳月が経過した。

三千代は、二十九歳になっている。

伊勢屋宗助との間には、四歳になる女の子が生まれている。

この子の名を、

「お八重《やえ》」

と、三千代がつけた。

「お前が好きな名をつけなさい」

夫の宗助が、そういってくれたからだ。

宗助は四十七歳となり、亡妻との間に生まれた跡つぎの宗太郎も二十一歳になった。

三千代と宗太郎の間も、まことに、うまく行っている。

「ほんに、よいお人をお見つけになりました」

と、宗太郎が父の宗助をほめたこともあるそうな。

来年の春には、宗太郎が嫁を迎えることになって、

「そうなると、お前も、いろいろと気忙《きぜわ》しゅうなろうから、いまのうちに、どこぞへ出かけてみよう。五年ぶりに江戸の様子を見に出かけては……」

この夏、宗助にいわれたとき、三千代は、しずかにかぶりを振って見せた。

「江戸は、嫌かね？」

「はい」

「もう、あれから五年もたっているのだから、何も気にすることはないとおもうのだが……そうか、それならやめましょう」

「相すみませぬ」

「何の、かまわぬ。それでは、こうしよう。秋になったら、店の用事で京・大坂へ行かねばならぬゆえ、ついでというてはお前にすまぬが、京見物をしたらよい」

三千代は、近江の彦根城下を出奔した折、若党・井上忠八の伯母の嫁ぎ先、蒔絵師・田村直七《たむらなおしち》方へ潜んでいたことがあるけれども、ほとんど家の中に隠れていて、京の町や名所をまわり歩いたわけではない。

「京見物ならば否やはあるまい」

と、夫から、しきりにすすめられては、さすがに断わることもできず、

「はい。それでは、お供をさせていただきます」

「そうか、そうか」

伊勢屋宗助は我事のようによろこび、

「この五年の間、慣れぬところへ嫁いで来てくれて、ほんとうに苦労をかけたことゆえ、お八重も名古屋へ残しておいて、京見物はゆっくりと、落ちついてすることにしよう」

と、いってくれた。

名古屋城下の呉服商・伊勢屋宗助といえば、尾州家の用達をつとめ、物の本にも、

「名古屋御城下の呉服屋は、伊勢屋繁昌《はんじょう》なり」

と、記されているそうな。

大元締《おおもとじめ》（総支配人）が本店・支店の商務を掌《つかさど》り、いまは奉公人も百名を越える。

そして三年ごとに、江戸と大坂の店員が交替するのだ。

伊勢屋は、当代の宗助で六代目だという。

代々、奉公人をいつくしむのが伊勢屋の家風だそうで、少年店員や下男・台所女中にも、年に春二度、秋二度の休日をあたえられる。

そして十年の年季をつとめ終えれば、主人から別家をゆるされ、金十両の祝儀が出る。

いずれにせよ、大店舗のことゆえ、後妻に入った三千代が、苦労をしなかったといえ

ば嘘になろう。

けれども、名古屋へ来てからの三千代は、若いころには見えなかった落ちつきが出てきて、自分から、あれこれと立ちまわることはせぬが、いかにも伊勢屋の内儀として、

「はずかしからぬ……」

風格が出てきた。

それは、三千代自身にはわからぬことであった。

しかし、彦根を出奔してより、女の身としては何度も波瀾《はらん》をくぐりぬけてきただけに、三千代は初めての子を生んでから、尚更に、肚も据わってきたにちがいない。

ただ大様《おおよう》に、妻の座へ坐っているだけでも、大元締をはじめ奉公人たちが三千代を敬《うやま》った。

そこは武家に生まれた三千代ゆえ、一種、侵しがたい気品もあるし、気づかぬようでいて細かいところへ目もとどく。

これも、さまざまな経験をしてきているからであろう。

いまの三千代は、当初、伊勢屋へ入るときにおぼえた不安も消え、

(これで、ようやく、私の身にまとわりついていた因果と災厄《さいやく》から、はなれることができたような……)

そうおもっている。

躰の肉置《ししおき》もゆたかになり、去年、楠屋与兵衛夫婦が伊勢屋宗助に招かれて伊勢詣りに来たとき、

「まあ、肥えなすったこと！」

おもわず、与兵衛の妻が洩らしたほどである。

秋出水《あきでみず》のころもすぎ、天候も落ちついた秋晴れの朝、伊勢屋宗助夫婦は、名古屋を発して京都へ向った。

供は、五年前のあのときと同じ幸次郎と松造であった。

松造が、いまも老僕であることに変りはないが、幸次郎は去年、番頭の末席へ入ることをゆるされている。

それに、今度は商用も兼ねているので、仕入物をあつかう平の元締と若い手代が同行をすることになった。

もっとも、この二人は先ず大坂へ急行し、後に、京都の常宿に滞在をしている主人の宗助の許へあらわれることになっていた。

それゆえ、名古屋を出るときは一緒でも、間もなく主人夫婦に先行して、街道をのぼることになる。

三千代をたのしませようという旅だけに、伊勢屋宗助は、

「急ぐことは少しもない。桑名へも二日ほど泊り、ゆっくりと行きましょう」

そういってくれた。

「どうだろう。すこし、まわり道をして、そっと、彦根の御城下へ行ってみようか？」

と、宗助はすすめてくれたが、三千代は言下に、

「とんでもないことでございます」

「どうして？」

「いまの私は、名も千代とあらため、彦根に生まれ育った三千代とは別の女と、そのようにおもっているのでございますから……」

「なれど、彦根には、お前の実の兄御《あにご》がおいでなさる。久しぶりに、そっと顔を見たくはないか？」

「いいえ……そのようにいたしましては、兄が迷惑におもいましょう。私の兄は、そういう人なのでございます」

「ふうむ……」

「決して、冷たい人ではございませぬが……」

「なるほど……」

多くを語らなくとも、伊勢屋宗助は察しが早い。

「では、お前のいうとおりにしましょう」
「わがままばかり申しまして……」
「ああ、かまいません。今度の旅は、お前にわがままをしてもらいたいためのものなの
だから、いくらでもいっておくれ」
名古屋から、有名な熱田大明神《あつただいみようじん》を祀《まつ》る宮《みや》へ出て、海上七里を伊勢の桑名へわたり、一
行は、此処に二泊した。
元締と手代は一泊したのみで、すぐに大坂へ向って出発して行った。
まさに、いまの三千代は、
「倖せそのもの……」
と、いってよいだろう。
その幸福に酔って、過去のすべてを忘れたのかといえば、そうではない。
井上忠八や加藤平十郎、茂兵衛、駒井宗理、近藤虎次郎などの顔が、何かのときに三
千代の脳裡を過《よぎ》ることもある。
堀本伯道においては、尚更のことであった。
ふしぎなのは、亡夫・三浦芳之助のことで、
(どのような顔をしていたやら……?)
記憶が、きわめて薄い。

芳之助の妻だった女は、まるで自分ではないような気がするのだ。

三千代は毎朝、伊勢屋の仏間《ぶつま》で、夫と共に燈明《とうみょう》をあげるとき、井上忠八・加藤平十郎の冥福《めいふく》を祈り、

(堀本伯道様に、恙《つつが》なきよう……)

と、胸の内に祈っている。

三千代は、いまも、堀本伯道が諸国をまわりつつ、人びとに救いの手を差しのべていると信じてうたがわなかった。

だが……。

堀本伯道は、すでに、この世の人ではない。

去年の秋に、伯道は死んでいた。

伯道と、その配下の盗賊たちは、幕府の火附盗賊改方《ひつけとうぞくあらためかた》・長谷川平蔵の探索《たんさく》によって追いつめられたが、その最中《さなか》に、伯道は我子の堀本虎太郎と斬り合って討ち殪されたのだ。

堀本虎太郎も、父・伯道とは別に盗賊一味の首領であったという。

虎太郎の盗みは残虐非道《ざんぎゃくひどう》そのもので、押し込み先での流血は当然のものとされていた。

それを伯道が怒っての争いとなったのであろう。

伯道が、我子の刃に殪れたのち、あの源蔵をはじめ、一味の盗賊の大半が、盗賊改方

に捕えられた。

長谷川平蔵が、この事件を公にせず、秘密裡にほうむったのは、堀本伯道の別の一面を重く看たからだ。

伯道に救われた人びとや、いくつもの報謝宿をまもる人たちが、もしも、伯道の正体を知ったなら、その驚愕と失望は非常なものだといってよい。

そうした善意の人びとに失望をあたえることを、長谷川平蔵はのぞまなかったにちがいない。

なればこそ、三千代の耳にとどかなかったのも当然であった。

堀本伯道の死を、江戸にいる楠屋与兵衛も知らぬ。丹波屋のあるじも知らぬし、駒井宗理も……いや、宗理は、伯道の死よりも早く、一昨年の夏に病死していた。

そして……。

葛飾の新宿の茶店では、古女房のお安が死んだのち、亭主の民蔵は気落ちしてしまい、三年前に亡くなっている。

せがれの亥之吉は、同じ新宿の布海苔問屋・下総屋で身を立てるつもりゆえ、

「ひとつ、伯父さんが茶店をやって下さい」

と、亡母の兄である茂兵衛を新宿へよび、茶店をまかせた。

井伊家の江戸屋敷にいた川村弥兵衛も、一昨年の秋に病歿している。

小梅村に道場を構える木村又右衛門と、松戸の剣客・山倉庄五郎は、いまも元気に門人たちへ稽古をつけている。

さすがに山倉庄五郎も、いまは、近藤虎次郎の行方を探しまわったりはしていない。

「近藤は死んでいる。間ちがいはない」

きっぱりといいきる木村又右衛門の言葉に、山倉も従うよりほかはなかった。

「近藤虎次郎も、哀れな男でしたなあ」

「そのとおりだ、山倉。わしはな、近藤が、わしの道場から去った、七年前のあの日を近藤の命日だとおもうことにしている」

「はい」

この二人の剣客は、近藤虎次郎が行方知れずとなって以来、

「いまは何やら、おぬしが近藤のようにおもえてきた」

と、木村がいうほどに、親密の間柄となってしまったようだ。

そして、茂兵衛は、亡き加藤平十郎の命日になると、かならず江戸へ行き、下谷の白泉寺にある平十郎の墓へ詣でる。

墓は、茂兵衛が建てた。

（あの、三千代さまに関わり合わなんだら、旦那も、こんなことにならずに、すみまし

たものを……）

茂兵衛は、自分や茶店の夫婦に無断で、行方知れずとなったままの三千代に、いまは怒りをおぼえているようだ。

（女というものは、やっぱり、仕方のないものでございますねえ）

と、茂兵衛は、平十郎の墓へよびかけるのである。

さて……。

伊勢屋宗助一行が桑名を発つ日の早朝に、旅の浪人が一人、桑名を通り過ぎ、東海道を西へ向っている。

宗助と三千代が桑名を発ったのは、それより一刻（二時間）ほど後のことであった。

この浪人の顔を、おそらく三千代は忘れていまい。

浪人は、青木市之助だ。

この無頼浪人の髪は、わずかながら白いものがまじりはじめているが、依然として、酷薄非道の面貌に変りはない。

あれからの青木が、どのような生きざまをしていたかは、その顔を見れば、たちどころにわかる。

いまは、江戸にもいられぬような悪事をはたらき、旅をまわって歩いているのであろうか……。

薄汚れた着物の裾をまくりあげ、素足に草鞋ばき。

大刀一つを落し差しにして菅笠をかぶった青木市之助を見ると、街道を行く人びとが、あわてて青木を避ける。

「ふん……」

青木は笠の内で冷笑を浮かべ、

(このところ、どうも、することなすことがうまく行かねえ。ま、見ていろ。そのうちに何か大きな事をしてやるから……)

ゆっくりと街道をすすむ。

(何か、うまいことはねえかな。久しく血の匂いを嗅がねえから、京へ行ったら、暴れてみようか……)

この日。

伊勢屋宗助一行は、桑名から約六里先の石薬師へ泊った。

石薬師の旅籠・米屋孫三郎も伊勢屋の常宿である。

一行が米屋へ入ったとき、まだ、あたりは明るかった。

好晴にめぐまれた旅をするのは、まことに気持ちがよい。

三千代の胸も、何やら弾んできたようだ。

そのころ、青木浪人は石薬師から一里半先の庄野を過ぎている。

翌日は、昼近くなってから庄野を出て、日が暮れぬうち、坂の下の宿へ入り、旅籠・京屋権左衛門方へ泊った。

途中、街道を外れて名所古跡を見物したりして、ゆっくりと旅をたのしみながら京都へ近づいて行くのである。

伊勢屋宗助一行が京屋に旅装を解いたころ、浪人の青木市之助は坂の下から鈴鹿峠へかかり、木蔭から、獲物をねらっていた。

やがて、青木浪人の餌食となったのは、一人旅の中年の町人であった。

淡く夕闇がただよいはじめた峠道を急ぎ足で下って来た、その旅人へ狼のように飛びかかった青木市之助は、旅人に当身をくわせて山林の中へ引きずり込み、絞殺した後、懐中から金を奪った。

(五両に足らぬが、まあ、いい。これで汗くさくなった着物を換え、酒もたっぷりのめる)

旅人の死体を埋め込んでから、青木は鈴鹿峠を越えて行った。

翌日。

三千代は山駕籠に乗せられて、鈴鹿峠を越えた。

伊勢の国から近江の国へ入ったわけである。

この日は、水口《みなくち》の旅籠・桔梗屋《ききよう》へ泊った。

明日は、甲賀の山脈《やまなみ》にはさまれた街道から南近江の平野へ出る。

前方には、琵琶《びわ》の湖がひろがり、その湖に沿って北へすすめば、約十里で、彦根城下へ達するのだ。

「いま一度、尋くが、彦根へ立ち寄ってみずともよいのか？」

桔梗屋の奥の一間で夕餉がすんだ後、伊勢屋宗助がやさしく、

「遠慮をせずともよい。彦根の兄御の顔を見てきたらどうじゃ？」

だが、三千代は、しずかにかぶりを振るのみであった。

兄の山口彦太郎に、会いたくないことはない。そこは何といっても二人きりの兄妹なのである。

けれども、いま突然に、三千代が兄の前へ顔を出したら、

（気の弱い兄上は、お困りになるばかりであろう）

このことであった。

おそらく、いまの彦太郎には妻子がいるであろう。

そして、妹の三千代が、もしやして彦根城下の人びとの、

（目にとまりはしまいか……）

彦太郎は何よりも、そのことを恐れるにちがいなかった。

「よし、わかりました。もう二度とすすめまい」

と、伊勢屋宗助がいった。

翌朝。

伊勢屋一行は水口を発し、今日の泊りの草津へ向った。

今日も、上天気である。

石部の宿を過ぎると、琵琶湖へそそぐ野洲川の右側から、しだいに南近江の平野がひらけてくる。

雲一つなく澄みわたった大空に、鳥が渡っている。

三千代は、彦根の方を一度も振り向かず、駕籠にゆられていた。

今日の伊勢屋宗助は、三千代の駕籠につきそい、手代・老僕と共に歩いている。

石部から草津の宿へは二里二十五丁。

その草津の手前に草津川がながれてい、長い仮橋が架けられてあった。

ここへ、伊勢屋一行がさしかかったのは、七ツ（午後四時）ごろであったろうか。

日は西へかたむきかけ、風が冷たくなってきはじめた。

橋のたもとへかかって右手を見やると、彼方の芒《すすき》の原に人だかりがしている。

何か、異変が起ったらしい。

伊勢屋宗助は、三千代の駕籠を先へやっておいて、手代の幸次郎へ、

「何があったのか、見ておいで」

「かしこまりました」

幸次郎は走って行き、土地の人から様子を聞き、すぐに駆けもどって来た。

橋を渡りかけている主人の宗助へ、幸次郎が告げた。

「何やら、酒に酔った旅の浪人たちが喧嘩をはじめたらしゅうございます。一人が斬り殺され、殺した二人は逃げてしまったとか……」

「そんなことか」

橋を渡り切った三千代の駕籠と老僕の松造へ、宗助と幸次郎が追いついた。

「いかがなされました？」

駕籠の垂れをあげて尋く三千代へ、伊勢屋宗助は、

「なに、旅の、ならず者が喧嘩をしたらしい」

そういったのみである。

殺されたのは、ほかならぬ青木市之助であった。

青木は大刀をつかんだまま、白い眼をむき出し、突き刺された腹から流れ出る血汐にまみれ、息絶えていた。

おそらく、同じような旅の浪人たちと、このあたりで出合い、たがいに酔いにまかせての口論から斬り合いになったのでもあろうか……。

草津の旅籠・野村屋喜兵衛方の前で、野村屋の人びとの出迎えを受け、駕籠から出た

三千代の顔には、いかにも満ちたりた微笑がただよっている。

「明日も、よいお天気らしい」

「はい」

「今夜は、落ち鮎でも出してもらおうかね」

と、伊勢屋宗助が三千代へ笑いかけた。

新宿《にいじゅく》の宿外れの、松林の奥の土の下で、近藤虎次郎の遺体は、すでに白骨化していた。

解説
女人性善説

山口恵以子

「池波正太郎の小説に悪女はいない」と、私は思っている。

〝悪女〟という設定の女性はいるが、中身をじっくり読めば、愚かだったり貪欲だったり哀れだったり、あるいは男に欺されたり情に搦め捕られて深間にはまったりした挙げ句〝悪女〟と呼ばれるに至った、謂わば〝事情によって悪の道に踏み込んだ〟女性たちであって、どす黒い闇を心に秘めた、本当の意味で恐ろしい女というのは、まず登場しない。

言い換えると、池波正太郎は女性に関しては〝性善説〟を信じていたのだと思う。

映画通としても知られる池波正太郎はあるエッセイの中で、「グロリア」(ジョン・カサヴェテス監督、ジーナ・ローランズ主演)の劇中、マフィアのボスがグロリアを評して

「女というのは、みんな母親なのさ」と呟く台詞に、強い共感を示していた、と記憶している。

どうして池波正太郎は〝女人性善説〟に傾いたのか？

それはひとえに本人と母との関係、そして初体験の女性の影響だったと思う。

実は、私は池波正太郎の随筆と映画評論の大ファンで、学生時代から熟読していた。小説作品を読むようになったのは四十を過ぎてからなので、著者についての予備知識ありまくりで、作品を読んでいると自然と、そこかしこにお母さんと彼女の影響を感じないではいられなかった。

池波正太郎のお母さんは池波さんが七歳の頃離婚し、池波さんを実家に預け、それから再婚し、弟をもうけてまた離婚、下の子と一緒に実家に戻り、その後は、一家の大黒柱として働き続けた。給料が入ると、まずは自分一人で寿司屋に入って握りを食べた。「女ひとりで一家を背負っていたんだ。たまに、好きなおすしでも食べなくちゃあ、はたらけるもんじゃないよ」と仰っていたそうで、まことに正直でサッパリしている。

そして初体験の女性は、吉原の娼妓だった。当時は公娼制度があって、売春は合法である。小学校卒業後、株屋に就職した池波さんは、やがて大人の世界の仲間入りをする。

その頃、吉原では登楼して一度相手が決まると、その店では他の娼妓を指名することは出来なかったという。池波さんもその不文律を忠実に守った。

池波さんにとって初体験の彼女は、単に性の相手ではなく、姉であり、ある意味人生の師でもあったらしい。酒の呑み方、お金の使い方、酒席や仕事上で気をつけなくてはならない事柄、若い人がハマりそうな悪の罠、つまり〝人生に必要なこと〟は、すべて彼女が教えてくれたそうだ。そして最初の一年は「お母さんが心配なさるから、泊まってはいけません」と、必ず家に帰したそうな……おっと、池波調になってしまった。池波さんが入営したとき、お母さんは「息子が本当にお世話になりました」と、彼女を訪ねてお礼を言ったという。亡くなったうちの母はこのエピソードを「文部省推薦のお女郎さん」と称した。

というわけで、池波作品に登場する娼婦や、お金のために身体を売る女性達は、ほとんど善人である。それなりに幸せに暮らしている例が多い。中には哀しい運命をたどる女性もいるが、なんとか幸せになってほしいと願う気持ちは随所に現われている。嘘だと思ったら「金太郎蕎麦」(角川文庫『にっぽん怪盗伝』所収)を読んでご覧なさい。

そして「懸命に働くシングルマザー」に対する思い入れも、一方ならぬものがある。例えば『仕掛人・藤枝梅安』(講談社文庫)の主人公・梅安の愛人おもんは、芸者でも常磐津の師匠でもなく、実家に子供を預けて料理屋の座敷女中をしている女性である。

池波さんの母子家庭に対する同情心が最も色濃く表れている作品は『剣客商売』(新潮文庫)の「梅雨の柚の花」だろう。養子先に男の子が生まれ、鬱屈した日々を送る若い武士が、料理屋の子持ちの座敷女中との情事で束の間安らぎを得るが、彼女は乱暴な侍に階段から蹴落とされて横死する。武士は彼女の復讐を誓い……ラストは養子先に廃嫡を申し出てかなりの「慰謝料」をもらうのだが、その金を亡くなった女性の子供の役に立てようと決意する。

ほんの数回情事を持っただけの女性の、会ったこともない子供のために、である。普通の男の心理として、こんなことはあり得ないと思う。だが、実際に作品を読むと武士の優しさに共感し、納得してしまうのは何故だろう？

それはきっと、自身と同じ境遇の母子に少しでも幸せになってほしいと願う池波さんの気持ちが、素直に作品に反映されているからではないだろうか。

さて、本作品『旅路』である。

最愛の夫を殺された十九歳の若妻三千代が、仇討ちを決意するも藩の許しを受けられず、藩を出奔して憎い仇のいる江戸へ旅立つ。江戸を目指す道中、そして江戸の暮らしの中で様々な人（主に男）と出会い、波瀾万丈の末……という物語だ。

最初は「三千代が紆余曲折を経て、苦労の末に仇討ち本懐を遂げる話」だろうと思っていた。ところが読み進めるうちに、物語は思いも寄らぬ展開を見せ、意外な方向に進んで行く。いったいどうなるかとハラハラしていると、納得のラストが待っていた。

ひと言で言えば「彦根から江戸を目指していたらフィジー諸島に着いてしまった」よ

うなお話で、「女の道は一本道」どころか、ほとんど「アミダくじ」なのだった。

これは褒め言葉ですから、念のため。

どうして「江戸に行くはずがフィジーに着いてしまった」ような話が書けるかというと、池波さんは短編においても長編においても、綿密なプロットを立ててキッチリ構成を決めてから書き始めるのではなく、出だしのドラマを思い付いた瞬間、一気に物語を書き進めて行くタイプの作家だからだ。

池波さんの作品は、登場人物が筋書きの操り人形になっていない。血の通った人間同士に生まれるドラマが火花を散らし、ダイナミックに筋書きを転がして行く。つまり筋書きを書かず、人間を書いているのだ。

このような池波さんなので、困ったことも出来した。『鬼平犯科帳』(文春文庫)で大人気の密偵・伊三次を、連載中に死なせる羽目になったことだ。編集部には読者からの抗議が殺到したという。

池波さん自身、伊三次を殺したくはなかったのだが、書いているうちに自分でも「もう助けようがない」事態に陥り、伊三次を殺さざるを得なくなったそうだ。

世の中には三千代のような女性を「主体性がなくて意志薄弱」と決め付け、懲罰的な感情を抱く人もいる。

もちろん我らが池波正太郎は、そんなことは絶対にない。だって〝女人性善説〟なんだもの。

三千代は理屈ではなく気持ちで動く。自分の気持ちに正直で、どんなときも一生懸命な女性だ。そんな彼女の心の移り変わりと精神的な成長を、池波さんは愛情を込めて見守り、丹念に描いている。

三千代が出会う男性達も、それぞれに個性豊かで魅力的だ。誰もが一筋縄では行かない。裏の顔を持つ人物もいる。

人の心は複雑で、一面だけでは語れない。善意に満ちた人の心にほんの一瞬悪の影が兆すこともあれば、悪逆非道の輩に一生に一度だけ、仏心が芽生えることもある。真っ直ぐAからBに進むこともあれば、堂々巡りを繰り返してAに戻ってくることもある。

長谷川平蔵の言う通り「(人間とは）悪いことをしながら善《よ》いことをし、善いことをしながら悪事をはたらく」生き物なのだ。

チャーミングなヒロインと個性的な男達が織りなす物語が、面白くないはずがない。

『旅路』は「一読巻を措くあたわず」「ページターナー」と呼ぶに相応しい作品である。

物語を読み終わったときは、三千代と一緒に長い旅を終えたような気分になった。

幸せになってくれて本当に良かったと思う。

おばちゃん、満足よ。ホッとしたわ。

突然話は変るが、池波正太郎の小説に登場する美女は肉感的な女性が多い。三千代の容姿の描写にも「肉置《ししお》きがゆたか」「肥えて」「両腿のあたりから腕の付け根、双の乳房にもみっしりと肉が充ちてきた」等の表現が使われている。それを読む度に、人生の大半を「小デブ」として生きてきた私は嬉しくなる。

ああ、池波さんはきっとデブが好きだったんだ。パリコレのモデルさんみたいな、痩せて小顔で九頭身の女性は好みじゃなかったんだ。

それならもう、頑張ってダイエットしなくてもいいか。

（作家）

文春文庫

旅《たび》路《じ》（下）

定価はカバーに
表示してあります

2021年1月10日　新装版第1刷
2023年3月25日　　　　第5刷

著　者　池《いけ》波《なみ》正《しよう》太《た》郎《ろう》

発行者　大沼貴之
発行所　株式会社 文藝春秋

東京都千代田区紀尾井町3-23　〒102-8008
TEL 03・3265・1211㈹
文藝春秋ホームページ　http://www.bunshun.co.jp

落丁、乱丁本は、お手数ですが小社製作部宛お送り下さい。送料小社負担でお取替致します。

印刷製本・凸版印刷

Printed in Japan
ISBN978-4-16-791632-9

（　）内は解説者。品切の節はご容赦下さい。

鬼平犯科帳の世界
池波正太郎 編
著者自身が責任編集して話題を呼んだオール讀物臨時増刊号「鬼平犯科帳の世界」を再編集して文庫化した、決定版〝鬼平事典〟……。これ一冊で鬼平に関するすべてがわかる。
い-4-43

蝶の戦記
池波正太郎
（上下）
白いなめらかな肌を許しながらも、忍者の道のきびしさに生きてゆく於蝶。川中島から姉川合戦に至る戦国の世を、上杉謙信のために命を賭け、燃え上る恋に身をやく女忍者の大活躍。
い-4-76

火の国の城
池波正太郎
（上下）
関ヶ原の戦いに死んだと思われていた忍者、丹波大介は雌伏五年、傷ついた青春の血を再びたぎらせる。家康の魔手から加藤清正を守る大介と女忍び於蝶の大活躍。（佐藤隆介）
い-4-78

忍びの風
池波正太郎
（全三冊）
はじめて女体の歓びを教えてくれた於蝶と再会した半四郎。姉川合戦から本能寺の変に至る戦国の世に、相愛の二人の忍者の愛欲と死闘を通して、波瀾の人生の裏おもてを描く長篇。
い-4-80

幕末新選組
池波正太郎
青春を剣術の爽快さに没入させていた永倉新八が新選組隊士となった。女には弱いが、剣をとっては隊長近藤勇以上といわれた新八の痛快無類な生涯を描いた長篇。（佐藤隆介）
い-4-83

雲ながれゆく
池波正太郎
行きずりの浪人に手ごめにされた商家の若後家・お歌。それは女の運命を大きく狂わせた。ところが、女心のふしぎさで、二人の仲は敵討ちの助太刀にまで発展する。（筒井ガンコ堂）
い-4-84

夜明けの星
池波正太郎
ひもじさから煙管師を斬殺し、闇の世界の仕掛人の道を歩み始める男と、その男に父を殺された娘の生きる道。悪夢のような一瞬が決めた二人の運命をしみじみと描く時代長篇。（重金敦之）
い-4-85

池波正太郎
乳房
不作の生大根みたいだと罵られ、逆上して男を殺した女が辿る数奇な運命。それと並行して平蔵の活躍を描く鬼平シリーズの番外篇。乳房が女を強くすると平蔵はいうが……。（常盤新平）
い-4-86

池波正太郎
剣客群像
剣士、柔術師、弓術家、手裏剣士。戦国から江戸へ、武芸にかけては神業の持ち主でありながら、世に出ることなく生涯を送った武芸者八人の姿を、ユーモラスに描く短篇集。（小島　香）
い-4-87

池波正太郎
忍者群像
陰謀と裏切りの戦国時代。情報作戦で暗躍する、無名の忍者たち。やがて世は平和な江戸へ——。世情と共に移り変わる彼らの葛藤と悲哀を、乾いた筆致で描き出した七篇。（ペリー荻野）
い-4-88

池波正太郎
仇討群像
ささいなことから起きた殺人事件が発端となり、仇討のために人生を狂わされた人々の多様なドラマ。善悪や正邪を越え、人間の底知れぬ本性を描き出す、九つの異色短篇集。（佐藤隆介）
い-4-89

池波正太郎
夜明けのブランデー
映画や演劇、万年筆に帽子、食べもの日記や酒のこと。週刊文春に連載されたショート・エッセイを著者直筆の絵とともに楽しめる穏やかな老熟の日々が綴られた池波版絵日記。（池内　紀）
い-4-90

池波正太郎
秘密
家老の子息を斬殺し、討手から身を隠して生きる片桐宗春。だが人の情けに触れ、医師として暮すうち、その心はある境地に達する——。最晩年の著者が描く時代物長篇。（里中哲彦）
い-4-95

池波正太郎
鬼平犯科帳　決定版（一）
人気絶大シリーズがより読みやすい決定版で登場。「唖の十蔵」「本所・桜屋敷」「血頭の丹兵衛」「浅草・御厩河岸」「老盗の夢」「暗剣白梅香」「座頭と猿」「むかしの女」を収録。（植草甚一）
い-4-101

（　）内は解説者。品切の節はご容赦下さい。

（　）内は解説者。品切の節はご容赦下さい。

池波正太郎
鬼平犯科帳　決定版（二）
長谷川平蔵の魅力あふれるロングセラーシリーズがより大きな文字の決定版で登場。「蛇の眼」「谷中・いろは茶屋」「女掏摸お富」「妖盗葵小僧」「密偵」「お雪の乳房」「埋蔵金千両」を収録。
い-4-102

池波正太郎
鬼平犯科帳　決定版（三）
大人気シリーズの決定版。「麻布ねずみ坂」「盗法秘伝」「艶婦の毒」「兇剣」「駿州・宇津谷峠」「むかしの男」を収録。巻末の著者による解説・長谷川平蔵（「あとがきに代えて」）は必読。
い-4-103

池波正太郎
鬼平犯科帳　決定版（四）
色褪せぬ魅力「鬼平」が、より読みやすい決定版で登場。「霧の七郎」「五年目の客」「密通」「血闘」「あばたの新助」「おみね徳次郎」「敵」「夜鷹殺し」の八篇を収録。（佐藤隆介）
い-4-104

池波正太郎
鬼平犯科帳　決定版（五）
繰り返し読みたい、と人気絶大の「鬼平シリーズ」をより読みやすくした決定版。「深川・千鳥橋」「乞食坊主」「女賊」「おしゃべり源八」「兇賊」「山吹屋お勝」「鈍牛」の七篇を収録。
い-4-105

池波正太郎
鬼平犯科帳　決定版（六）
ますます快調、シリーズ屈指の名作揃いの第六巻。「礼金二百両」「猫じゃらしの女」「剣客」「狐火」「大川の隠居」「盗賊人相書」「のっそり医者」の全七篇を収録。
い-4-106

池波正太郎
鬼平犯科帳　決定版（七）
鬼平の魅力から脱け出せなくなる第七巻。「雨乞い庄右衛門」「隠居金七百両」「はさみ撃ち」「搔掘のおけい」「泥鰌の和助始末」「寒月六間堀」「盗賊婚礼」の全七篇。（中島　梓）
い-4-107

池波正太郎
鬼平犯科帳　決定版（八）
鬼平の部下を思う心に陶然、のち悪党どもの跳梁に眠れなくなるスリリングな第八巻。「用心棒」「あきれた奴」「明神の次郎吉」「流星」「白と黒」「あきらめきれずに」の全六篇。
い-4-108

池波正太郎
鬼平犯科帳　決定版（九）

密偵たちの関係が大きく動くシリーズ第九巻。名作「本門寺暮雪」ほか、「雨引の文五郎」「鯉肝のお里」「泥亀」「浅草・鳥越橋」「白い粉」「狐雨」の全七篇に、エッセイ「私の病歴」を特別収録。

い-4-109

池波正太郎
鬼平犯科帳　決定版（十）

密偵に盗賊、同心たちの過去と現在を描き、心揺さぶるシリーズ第十巻。「犬神の権三」「蛙の長助」「追跡」「五月雨坊主」「むかしなじみ」「消えた男」「お熊と茂平」の全七篇。

い-4-110

池波正太郎
鬼平犯科帳　決定版（十一）

色白の同心・木村忠吾の大好物は豊島屋の一本饂飩。シリーズで一二を争う話題作「男色一本饂飩」ほか、「土蜘蛛の金五郎」「穴」「泣き味噌屋」「密告」「毒」「雨隠れの鶴吉」の全七篇。

い-4-111

池波正太郎
鬼平犯科帳　決定版（十二）

密偵六人衆が、盗賊時代の思い出話を肴に痛飲した一夜の後日談「密偵たちの宴」ほか、「高杉道場・三羽烏」「いろおとこ」「見張りの見張り」「二つの顔」「白蝮」「二人女房」の全七篇。

い-4-112

池波正太郎
鬼平犯科帳　決定版（十三）

煮売り酒屋で上機嫌の同心・木村忠吾とさし向いの相手は、眉毛と眉毛がつながっていた（「一本眉」）。ほか、「熱海みやげの宝物」「殺しの波紋」「夜針の音松」「墨つぼの孫八」「春雪」の全六篇。

い-4-113

池波正太郎
鬼平犯科帳　決定版（十四）

ますます兇悪化する盗賊どもの跳梁。密偵・伊三次の無念を描いた「五月闇」ほか、「あごひげ三十両」「尻毛の長右衛門」「殿さま栄五郎」「浮世の顔」「さむらい松五郎」の全六篇。　（常盤新平）

い-4-114

池波正太郎
鬼平犯科帳　決定版（十五）
特別長篇　雲竜剣

火付盗賊改方の二同心が、立て続けに殺害される。その太刀筋は、半年前に平蔵を襲った兇刃に似ていた。平蔵の過去の記憶と、現在進行形の恐怖が交錯。迫力の長篇がシリーズ初登場。

い-4-115

（　）内は解説者。品切の節はご容赦下さい。

池波正太郎
鬼平犯科帳　決定版（十六）

新婚の木村忠吾への平蔵の可愛がりが舌好調。同心たちの迷いに平蔵が下す決断は――。「影法師」「網虫のお吉」「白根の万左衛門」「火つけ船頭」「見張りの糸」「霜夜」の全六篇を収録。

い-4-116

池波正太郎
鬼平犯科帳　決定版（十七）
特別長篇　鬼火

うまいと評判の「権兵衛酒屋」に立寄った平蔵は、曲者の気配を感じた。この後、店の女房が斬られ、亭主が姿を消す。この事件が、平蔵暗殺から大身旗本の醜聞へとつながる意欲作。

い-4-117

池波正太郎
鬼平犯科帳　決定版（十八）

平蔵のぶれない指揮下、命を賭して働く与力・同心・密偵のチーム鬼平。このところ切ない事件が続く。「俄か雨」「馴馬の三蔵」「蛇苺」「一寸の虫」「おれの弟」「草雲雀」の全六篇。

い-4-118

池波正太郎
鬼平犯科帳　決定版（十九）

磐石のチーム鬼平。お調子者の同心・忠吾だが、昨今生きていくことの切なさを思う。「霧の朝」「妙義の團右衛門」「おかね新五郎」「逃げた妻」「雪の果て」「引き込み女」の全六篇。

い-4-119

池波正太郎
鬼平犯科帳　決定版（二十）

平蔵の会話に、あの秋山小兵衛が登場。著者の遊び心が覗く円熟の第二十巻。「おしま金三郎」「二度ある事は」「顔」「怨恨」「高萩の捨五郎」「助太刀」「寺尾の治兵衛」の全七篇。

い-4-120

池波正太郎
鬼平犯科帳　決定版（二十一）

平蔵が自身のかなしみを吐露する「春の淡雪」、時代を越えた問題作「瓶割り小僧」ほか、心に沁みる作品揃い。「泣き男」「麻布一本松」「討ち入り市兵衛」「男の隠れ家」の全六篇。

い-4-121

池波正太郎
鬼平犯科帳　決定版（二十二）
特別長篇　迷路

平蔵と周囲の者たちが次々と兇刃に。与力、下僕が殺され、息子や娘の嫁ぎ先まで狙われた。生涯一の難事件ともいえる事態に、追い詰められた平蔵は苦悩し、姿を消す。渾身の長篇！

い-4-122

（　）内は解説者。品切の節はご容赦下さい。

池波正太郎
鬼平犯科帳 決定版（二十三）
特別長篇 炎の色
謹厳実直な亡父に隠し子がいた。衝撃の事実と妹の存在を知った平蔵は、その妹のためにひと肌脱ぐ。一方、おまさは女盗賊に気に入られ、満更でもない。「隠し子」「炎の色」を収録。
い-4-123

池波正太郎
鬼平犯科帳 決定版（二十四）
特別長篇 誘拐
国民的時代小説シリーズ「鬼平犯科帳」最終巻。未完となった表題作ほか「女密偵女賊」「ふたり五郎蔵」の全三篇。秋山忠彌「平蔵の好きな食べもの屋」を特別収録。（尾崎秀樹）
い-4-124

池波正太郎
その男（全三冊）
杉虎之助は大川に身投げをしたところを謎の剣士に助けられる。こうして〝その男〟の波瀾の人生が幕を開けた——。幕末から明治へ、維新史の断面を見事に剔る長編。（奥山景布子）
い-4-131

池波正太郎
旅路（上下）
新婚の夫を斬殺された三千代は実家に戻れとの藩の沙汰に従わず、下手人を追い彦根から江戸へ向かう。己れの感情に正直に生きる美しい武家の女の波瀾万丈の人生を描く。（山口恵以子）
い-4-134

池波正太郎
ル・パスタン
人生の味わいは「暇」にある。可愛がってくれた曾祖母、「万惣」のホットケーキ、フランスの村へジャン・ルノアールの墓参り。「心の杖」を画と文で描く晩年の名エッセイ。（彭　理恵）
い-4-136

池波正太郎・逢坂　剛・上田秀人・梶　よう子
風野真知雄・門井慶喜・土橋章宏・諸田玲子
池波正太郎と七人の作家 蘇える鬼平犯科帳
逸品ぞろいの「鬼平づくし」。「鬼平」誕生五十年を記念し、七人の人気作家が「鬼平」に新たな命を吹き込んだ作品集。本家・池波正太郎も「瓶割り小僧」で特別参加。
い-4-200

（　）内は解説者。品切の節はご容赦下さい。

安部龍太郎
等伯　（上下）
武士に生まれながら、天下一の絵師をめざして京に上り、戦国の世でたび重なる悲劇に見舞われつつも、己の道を信じた長谷川等伯の一代記を描く傑作長編。直木賞受賞。（島内景二）
あ-32-4

安部龍太郎
宗麟の海
信長より早く海外貿易を行い、硝石、鉛を輸入、鉄砲をいち早く整備。宣教師たちの助力で知力と軍事力を駆使して瞬く間に九州を制覇した大友宗麟の姿を描く歴史叙事詩。（鹿毛敏夫）
あ-32-8

安能　務
始皇帝　中華帝国の開祖
始皇帝は〝暴君〟ではなく〝名君〟だった!?　世界で初めて政治力学を意識し中華帝国を創り上げた男。その人物像に迫りつつ、現代にも通じる政治学を解きあかす一冊。（冨谷　至）
あ-33-4

浅田次郎
壬生義士伝《みぶぎしでん》　（上下）
「死にたぐねえから、人を斬るのす」――生活苦から南部藩を脱藩し、壬生《みぶ》浪と呼ばれた新選組で人の道を見失わず生きた吉村貫一郎の運命。第十三回柴田錬三郎賞受賞。（久世光彦）
あ-39-2

浅田次郎
一刀斎夢録　（上下）
怒濤の幕末を生き延び、明治の世では警視庁の一員として西南戦争を戦った新選組三番隊長・斎藤一の眼を通して描き出される感動ドラマ。新選組三部作ついに完結！（山本兼一）
あ-39-12

浅田次郎
黒書院の六兵衛　（上下）
江戸城明渡しが迫る中、てこでも動かぬ謎の武士ひとり。勝海舟や西郷隆盛も現れて、城中は右往左往。六兵衛とは一体何者か？笑って泣いて感動の結末へ。奇想天外の傑作。（青山文平）
あ-39-16

あさのあつこ
燦《さん》　1　風の刃《やいば》
疾風のように現れ、藩主を襲った異能の刺客・燦。彼と剣を交えた家老の嫡男・伊月。別世界で生きていた二人には隠された宿命があった。少年の葛藤と成長を描く文庫オリジナルシリーズ。
あ-43-5

あさのあつこ
火群《ほむら》のごとく
兄を殺された林弥は剣の稽古の日々を送るが、家老の息子・透馬と出会い、政争と陰謀に巻き込まれる。小舞藩を舞台に少年の友情と成長を描く、著者の新たな代表作。（北上次郎）
あ-43-12

青山文平
白樫の樹の下で
田沼意次の時代から清廉な松平定信の息苦しい時代への過渡期。いまだ人を斬ったことのない貧乏御家人が名刀を手にしたとき、何かが起きる。第18回松本清張賞受賞作。（島内景二）
あ-64-1

青山文平
つまをめとらば
去った女、逝った妻……瞼に浮かぶ、獰猛なまでに美しい女たちの面影は男を惑わせる。江戸の町に乱れ咲く、男と女の性と業。女という圧倒的リアル！　直木賞受賞作。（瀧井朝世）
あ-64-3

朝井まかて
銀の猫
嫁ぎ先を離縁され「介抱人」として稼ぐお咲。年寄りたちに人生を教わる一方で、妾奉公を繰り返し身勝手に生きてきた、自分の母親を許せない。江戸の介護を描く傑作長編。（秋山香乃）
あ-81-1

朝松　健
血と炎の京《みやこ》
私本・応仁の乱
応仁の乱は地獄の戦さだった。花の都は縦横に走る塹壕で切り刻まれ、唐土の殺戮兵器が唸る。戦場を走る復讐鬼・道賢と、救いを希う日野富子を描く書下ろし歴史伝奇。田中芳樹氏推薦。
あ-85-1

井上ひさし
手鎖心中
材木問屋の若旦那、栄次郎は、絵草紙の人気作者になりたいと願うあまり馬鹿馬鹿しい騒ぎを起こし……歌舞伎化もされた直木賞受賞作。表題作ほか「江戸の夕立ち」を収録。（中村勘三郎）
い-3-28

井上ひさし
東慶寺花だより
離縁を望み決死の覚悟で鎌倉の「駆け込み寺」へ——女たちの事情、強さと家族の絆を軽やかに描いて胸に迫る涙と笑いの時代連作集。著者が十年をかけて紡いだ遺作。（長部日出雄）
い-3-32

（　）内は解説者。品切の節はご容赦下さい。

宇江佐真理
余寒の雪
女剣士として身を立てることを夢見る知佐は、江戸で何かを見つけることができるのか。武士から町人まで人情を細やかに描く七篇。中山義秀文学賞受賞の傑作時代小説集。（中村彰彦）
う-11-4

植松三十里
繭と絆
富岡製糸場ものがたり
日本で最初の近代工場の誕生には、幕軍・彰義隊の上野での負け戦が関わっていた。日本を支えた富岡には隠された幕軍側の哀しい事情があった。世界遺産・富岡製糸場の誕生秘話。（田牧大和）
う-26-2

上田秀人
奏者番陰記録
遠謀
奏者番に取り立てられた水野備後守はさらなる出世を目指し、松平伊豆守に服従する。そんな折、由井正雪の乱が起こり、備後守はその裏にある驚くべき陰謀に巻き込まれていく。
う-34-1

冲方　丁
剣樹抄
父を殺され天涯孤独の了助は、若き水戸光國と出会う。異能の子どもたちを集めた幕府の隠密組織に加わり、江戸に火を放つ闇の組織を追う！　傑作時代エンターテインメント。（佐野元彦）
う-36-2

海老沢泰久
無用庵隠居修行
出世に汲々とする武士たちに嫌気が差した直参旗本・日向半兵衛は「無用庵」で隠居暮らしを始めるが、彼の腕を見込んで、難事件が次々と持ち込まれる。涙と笑いありの痛快時代小説。
え-4-15

逢坂　剛・中　一弥　画
平蔵の首
深編笠を深くかぶり決して正体を見せぬ平蔵。その豪腕におののきながらも不逞に暗躍する盗賊たち。まったく新しくハードボイルドに蘇った長谷川平蔵もの六編。（対談・佐々木　譲）
お-13-16

逢坂　剛・中　一弥　画
平蔵狩り
父だという「本所のへいぞう」を探すために、京から下ってきた女絵師。この女は平蔵の娘なのか。ハードボイルドの調べで描く、新たなる鬼平の貌。吉川英治文学賞受賞。（対談・諸田玲子）
お-13-17

乙川優三郎
生きる
亡き藩主への忠誠を示す「追腹」を禁じられ、白眼視されながら生き続ける初老の武士。懊悩の果てに得る人間の強さを格調高く描いた感動の直木賞受賞作など、全三篇を収録。（縄田一男）
お-27-2

奥山景布子
葵の残葉
尾張徳川の分家筋・高須に生まれた四兄弟はやがて尾張、一橋、会津、桑名を継いで維新と佐幕で対立する。歴史と家族の情が絡み合うもうひとつの幕末維新の物語。（内藤麻里子）
お-63-2

奥山景布子
音四郎稽古屋手控
音わざ吹き寄せ
元吉原に住む役者上がりの音四郎と妹お久。町衆に長唄を教えているが、怪我がもとで舞台を去った兄の事情を妹はまだ知らない。その上兄には人に明かせない秘密が……。（吉崎典子）
お-63-3

大島真寿美
渦　妹背山婦女庭訓　魂結び
浄瑠璃作者・近松半二の生涯に、虚と実が混ざりあい物語が生まれる様を、圧倒的熱量と義太夫の如き心地よい大阪弁で描く。史上初の直木賞&高校生直木賞W受賞作！（豊竹呂太夫）
お-73-2

海音寺潮五郎
加藤清正（上下）
文治派石田三成、小西行長との宿命的な確執、大恩ある豊家危急存亡の苦悩——英雄豪傑の象徴のように伝えられるこの武将の鎧の内にあった人間の素顔を剔抉する傑作歴史長篇。
か-2-19

海音寺潮五郎
天と地と（全三冊）
戦国史上最も戦巧者であり、いまなお語り継がれる武将・上杉謙信。遠国の越後でなければ天下を取ったといわれた男の半生と、宿敵・武田信玄との数度に亘る川中島の合戦を活写する。
か-2-43

加藤　廣
信長の棺（上下）
消えた信長の遺骸、秀吉の中国大返し、桶狭間山の秘策——。丹波を訪れた太田牛一は、阿弥陀寺、本能寺、丹波を結ぶ〝闇の真相〟を知る。傑作長篇歴史ミステリー。（縄田一男）
か-39-1

（　）内は解説者。品切の節はご容赦下さい。